新　潮　文　庫

文豪ナビ　池波正太郎

新潮文庫編

新　潮　社　版

11290

池波正太郎を知るための⑤つのキーワード

膨大な時代小説の傑作と、愛され続けるエッセイの数々。池波正太郎の広大な作品世界を知るために欠かせない5つのキーワードとは——。

①《キーワード》 男の作法

『男の作法』

粋を知る江戸っ子、池波正太郎が、その豊富な人生経験から、仕事、食、人づきあい、服装、恋愛、家庭などの場面における、〝男の生き方〟をさりげなく説く名著。

だいたい若いうちからいい顔というものはない。男の顔をいい顔に変えて行くということが男をみがくことなんだよ。

『男の作法』（新潮文庫）

②《キーワード》三大シリーズ

剣客商売 シリーズ

老剣客・秋山小兵衛とその息子・大治郎が悪を斬る！四季折々の食をはじめ豊かな暮らしの描写も魅力的。

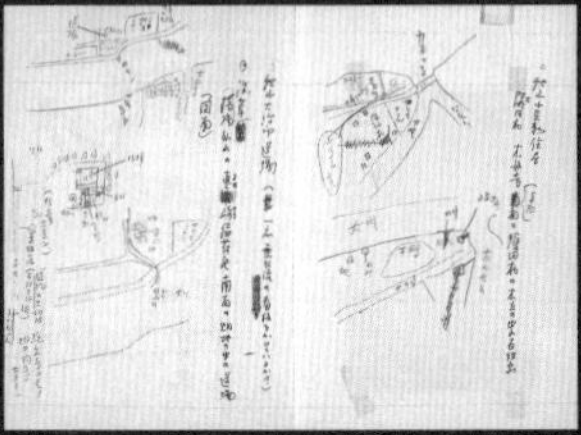

池波正太郎の「基メモ」より。左は最初の2頁。小兵衛のイメージの前田青邨、大治郎のイメージのJ・スチュアートとG・クーパーの写真が貼ってある。右は秋山小兵衛住居と秋山大治郎道場の地図。

鬼平犯科帳 シリーズ

江戸の特別警察ともいうべき火付盗賊改のお頭を務める長谷川平蔵、通称「鬼平」の活躍。国民的人気作！

彼らには、若かったころの私も現在の私も入っているし、私が、五十年の人生に出会ったさまざまの人がふくみこまれている。それらの凝結が、長谷川平蔵であり秋山小兵衛なのであろう。そして、それらの多くの人びとが「理想」とした人間像が、この二人に具現されているのかもしれない。

「私のヒーロー」（『剣客商売読本』新潮文庫）

仕掛人・藤枝梅安《ふじえだばいあん》 シリーズ

依頼を受けて人を殺める鍼医者、藤枝梅安を主人公に、江戸の闇社会を描く。池波流ノワール小説。

「殺し屋」と、いってしまっては時代色が出ないような気がしたし、語感にも、私にはぴったりとこないものがあった。そこで「仕掛人」という名称を、私が創作したのである。

「私のヒーロー」（『剣客商売読本』新潮文庫）

画はすべて池波自身によるもの

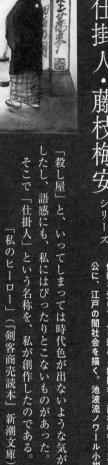

旅の空にて

③《キーワード》 旅と街歩き

旅先での出会いや東京の街角で得た発想が池波作品の情景を作った。

ひとりで旅へ出ることは、おのれを知ることになる。

（中略）

まったく見知らぬ人のゆえに、その反応によって、われわれは、自分自分をたしかめることができるのである。

『食卓の情景』（新潮文庫）

人の声や姿が絶えているだけに、城そのものが、声にならぬ声を発しているかのように感じられた。

それが〈歴史〉というものなのであろう。

『私の歳月』（講談社文庫）

彦根城の石垣にて

箱根登山鉄道・早川橋梁を眺める

東京を歩く

切絵図を手に入れてからの私は、東京の何処へ行くのにも、行先の地域の切絵図をポケットに入れ、家を出たものだった。

『江戸切絵図散歩』（新潮文庫）

書斎で切絵図をひろげて

浅草トキワ座前を歩く

週に何度か、これだけがたのしみで出かけて行く映画の試写を観終えてから、知らず知らず散歩の足が、生まれ育った浅草へ向くのをどうしようもない。

『散歩のとき何か食べたくなって』（新潮文庫）

キーワード④ 絵筆の楽しみ

池波は幼い頃から絵を好み、自作の装画も多数手がけた。その〝画業〟の一部。

上が、渡船が出ていた頃を懐かしんで描いた佃島「月夜の船入り」。下は池波が描いた当時の「大川と佃大橋」

小説を書く苦しさと、絵を描くたのしさは、くらべものにならない。

絵を描く時間を得たいために、小説を早くすませてしまいたいとおもうほどだ。

『日曜日の万年筆』（新潮文庫）

異国の街角で

セトル・ジャンの酒場。池波がパリで出会った居酒屋〔B・O・F〕

パリにて

がっしりとした大男で、白髪《しらが》を短かく刈りあげたセトル・ジャンが、いかにも慎重きわまる手つきでペルノーの水割りをつくる、その真剣な目の色も私は好きだった。

『江戸の味を食べたくなって』（新潮文庫）

銀座和光で開かれた個展「池波正太郎絵筆の楽しみ」にて

⑤《キーワード》食への愛

終戦後に食べたかき氷から、一流の職人による鮨まで。単なる〝グルメ〟ではなかった池波の愛した味。

とっておきの店

通い詰めた神田の「花ぶさ」のおかみと。散歩していて偶然訪れ、常連となった

京都・松鮨の吉川松次郎氏と。鮨も肴も文句なしの絶品だったという

それをにぎるあるじの爪《つめ》の中までもなめたいほどの美しい鮨だ。あるじの指も爪も鮨と同化している。あるじの手先が〔鮨〕になってしまっている。

『散歩のとき何か食べたくなって』（新潮文庫）

思い出の味

町内には必ず一つ二つ、どんどん焼の屋台が出ていたもので、それぞれに個性があり、子供たちは自分の好みによって、相当に離れた町に出ている屋台へ食べに行ったものだ。

『むかしの味』（新潮文庫）

新潮社クラブで〔どんどん焼〕を作る

『剣客商売　庖丁ごよみ』
（新潮文庫）より

太平洋戦争が始まる前の、銀座裏の小料理屋で、枝豆でビールをのみ、鰹の刺身で御飯を食べると、一円五十銭ほどだった。

「鰹」

人間も六十に近くなると、大根の滋味がわかるようになってきて、その旨《うま》さから片時もはなれることができなくなってしまうのだ。

「大根」

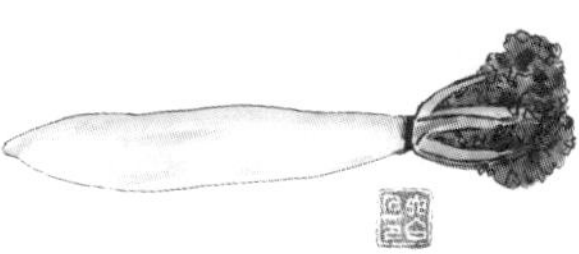

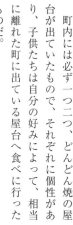

文豪ナビ 池波正太郎

目次

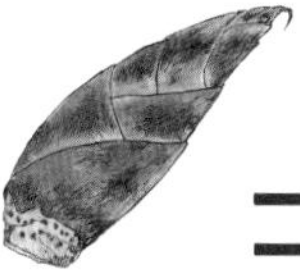

コラム

写真　新潮社写真部（池波正太郎氏人物写真すべて）
池波正太郎記念文庫所蔵、田村邦男撮影（ｐ21、ｐ35、ｐ46、ｐ47、ｐ58、ｐ70、ｐ71）
池波正太郎記念文庫（「池波作品の舞台は今！」掲載分）

池波正太郎直筆画　池波正太郎記念文庫所蔵

本文デザイン　カラス

協力　オフィス池波・池波正太郎記念文庫

ジャンル別!
池波正太郎作品ナビ

池波正太郎の小説には、衣食住の意味、人の情、愛、善悪、破壊と再生、歴史や文化、矛盾に満ちた人間存在の不思議など、すべてが盛り込まれているといっても過言ではありません。

そのジャンルも、戦国もの、幕末もの、人情ものに盗賊ものなど、多岐に渡るので、「いったいどこから読んだらいいの？」というみなさんも多いはず。

この「作品ナビ」では、豊饒《ほうじょう》な池波正太郎の小説世界を泳ぐための五つのコースをご案内。まずはこれを読めば、池波ワールドの重要なエッセンスに触れることができる、そんな代表的な作品をご紹介いたします。

人情に浸る　↓p20から
「剣客商売」など、人生を味わう名作の数々

江戸の特別警察　↓p34から
「鬼平」が大活躍！　極上のエンタメがずらり

仕掛人の暗躍　↓p46から
「梅安」に代表される、池波流ノワール

武将と忍者　↓p58から
池波作品の原点！　やっぱり戦国は面白い

幕末の男たち　↓p70から
ロマンと激動の時代。池波正太郎はこう描く

池波正太郎 おすすめ読書コース

人情に浸る

池波作品の人情ものには、どんな人間も包容する優しさと、日々の暮らしへの喜びが満ちている。読めばきっと人生が豊かになる作品をガイドします。

剣客商売シリーズ

P22

孫ほどの年の妻おはると暮らす、老剣客・秋山小兵衛、体格も性格も父の小兵衛とは対照的な大治郎、男装の武芸者佐々木三冬らが大活躍する、大人気シリーズ。

男振

P26

まんぞく まんぞく

P27

覆面をして男に喧嘩を仕掛ける、豪快な男装の女剣士、堀真琴の成長を描く長編小説。佐々木三冬ファンは必読！

菓子屋「笹屋」の未亡人であるお歌は、雨宿りの最中、謎の男に襲われて――。気丈なヒロインの恋と別れ。

元祖俠客と言われる幡随院長兵衛。その波乱万丈の生涯を描く、スリリングな冒険譚！

人生を通じて描きたかったライフワーク!
『剣客商売』シリーズ(新潮文庫)

数々の池波作品の中でも、江戸の人情を描いた代表作と言えば、『剣客商売』シリーズです。

老剣客・秋山小兵衛《こへえ》を中心にした秋山家の家族と、医師小川宗哲《そうてつ》、御用聞きの弥七《やしち》、その子分の徳次郎、料亭「不二楼《ふじろう》」をはじめ馴染《なじ》みの料理人たち、さらには幕府老中、田沼意次《おきつぐ》など要人も含めた江戸に生きる多彩な人物との触れ合いによって『剣客商売』の世界は構築されています。彼らの心温まる交流が、読者の心に安らぎをもたらしてくれるのです。

主人公、秋山小兵衛は、甲斐《かい》の国の郷士出身で、十二歳のときに無外流、辻平右衛門《つじへいえ》の弟子となり、本格的に剣の世界に入った人物。師匠の平右衛門が引退してからは、四谷《よつや》に自分の道場を開き、諸大名、大身旗本から、近隣の農民まで、実に様々な人々に剣術を伝授しました。その後、五十代後半で鐘《かね》ヶ淵《ふち》に隠棲《いんせい》すると、関屋村の農家の娘でなんと四十歳も年下の女中おはると結ばれ、正式な夫婦となりました。

そんな小兵衛の息子、秋山大治郎《だいじろう》は、まるで清濁の水面を泳ぎ回るように生きる父とは対照的に純情一途。物語は、この父子剣客の生き様を中心に紡《つむ》がれていきます。シリーズの前半部は、田沼意次の娘で、男装の女剣客・佐々木三冬《みふゆ》と大治郎の恋愛模様も楽しめます。

本編に登場する数多くのキャラクターのなかでも、圧倒的な存在感を放つのが、この三冬といえるでしょう。母を早くに亡《な》くした彼女は、佐々木家の養女として相良《さがら》で育ちます。

七歳のころから井関忠八郎に剣を学び、師が市ヶ谷に道場をかまえた頃には、井関道場の「四天王」の一人に数えられる程の腕前になっていました。その一方で、父の意次とは、複雑な生い立ちゆえに打ち解けられず、普段は母方の実家、書物問屋「和泉屋《いずみや》」の寮に身を寄せています。

このように武芸一筋であった三冬ですが、はじめ小兵衛に憧《あこが》れ、次第に大治郎を意識するようになります。そんな三冬の揺れる想《おも》いと可憐《かれん》な姿は、多くの読者の心を虜《とりこ》にしているのです。

余談ですが、こうした三冬の特異な設定については、江戸時代の書物『責而者草《せめてわぐさ》』

にある女武芸者「佐々木留伊《るい》」を参考にしたようです（短編「妙音記」〔『剣客群像』所収〕では、留伊の型破りな生き様を描いています）。

『剣客商売』の物語の主な舞台は安永年間（一七七二～一七八一）。この時代、戦のない期間が続き、侍の剣術は世渡りの道具となっていました。だからこそ本作では、戦よりも人間の基本的な営みの描写に力点が置かれています。それが如実《にょじつ》に表されているのが、作中での食に対するこだわりです。江戸の名物、料理屋、食材や調理の場面等々。その描き方が絶妙で、これを目当てに作品を手にする読者も多いのです。

こうした作風には、作者が随筆『私の歳月』などで語っている、人間は衣食住と生殖行為が満たされていれば理想的である、という作者の哲学が、より鮮明に物語に反映されていると見受けられます。

また同様に、作者はしばしば作品のなかで、「人間の本質」というものも追求しています。剣術は得意でも、想いはすれちがう大治郎と三冬のはがゆさや、物語中で頻繁に起きる人々の「勘違い」が引き起こす事件は、こうした人間固有の「矛盾」をもとに描かれているのです。

さらに、歴史的背景を巧みに作品に導入している点も、本作の見逃せないポイントです。当時の政治状況を鑑《かんが》み、幕府の実権をめぐる田沼意次と一橋家との確執を設定。

この暗闘に、秋山一家も巻き込まれていきます。また長編『二十番斬《ぎ》り』では、意次の長男・田沼意知《おきとも》への江戸城中での刃傷《にんじょう》事件と、小兵衛の個人的事情を巧みにリンクさせています。

『剣客商売』シリーズは、本編が十六巻、番外編が二編。各巻が独立した物語となっており、どこから読んでも構わない構成になっています。ちなみに、シリーズは未完ですが、池波正太郎はインタビューで、秋山小兵衛は九十三歳まで生き、本編は小兵衛の孫・小太郎の活躍を描くものになっていくだろうと語っていました。

なお、番外編は『黒白《こくびゃく》』、『ないしょ　ないしょ』の二編があります。

『黒白』は、秋山小兵衛が三十二歳のときのお話。小兵衛は、小野派一刀流の若き剣客、波切八郎との真剣勝負を控えています。お互いに実力を認め合う二人は、真剣の立ち合いで、その剣の真価に白黒をつける覚悟でした。しかしこの勝負は、八郎の都合により実現しませんでした。数年後、意外な場所で再会した二人は、それぞれの事情で、意に染まぬ対決を余儀なくされることに——。

番外編のもう一編、『ないしょ　ないしょ』は、越後《えちご》、新発田《しばた》の貧しい家庭で育った少女お福が主人公。彼女が過酷な虐待《ぎゃくたい》を乗り越え、秋山小兵衛らに支えられて少しずつ幸せを手にしていく成長譚《たん》です。

若者の苦悩と成長を描く明朗なる感動作

『男振』（新潮文庫）

『剣客商売』シリーズを読みながら、並行してほかの人情ものにも触れたい方には、まず『男振《おとこぶり》』をオススメします。池波作品に通底する人間賛歌が色濃く反映された、屈指の感動作です！

越後国筒井藩の藩士・堀源太郎は、若くして頭髪が抜け落ちる奇病を患《わずら》ってしまいます。主君の嗣子・千代之助《ちよのすけ》に髪のない頭部を侮辱された源太郎は、若君に乱暴をはたらき監禁されます。厳罰を覚悟していた源太郎ですが、なぜかこれ以後は杉本小太郎を名乗ることで罪を許されます。他にも不可解な配慮が次々と源太郎（小太郎）に施され、源太郎の重大な出生の秘密が次第に明らかになります——。やがて彼は武士より、物づくりの大工仕事に人生の生きがいを見出《みいだ》していきます。

頭髪が抜け落ち、周囲から嘲笑《ちょうしょう》や好奇の目にさらされる若侍の苦悩と、彼が絶望感や試練を乗り越え一人の男として堂々たる成長を遂げる姿が実に清々《すがすが》しい快作です。

男装の美剣士が活躍するキャラ小説!?
『まんぞく まんぞく』（新潮文庫）

池波正太郎の人情ものは、何と言っても人物造形が魅力的。新鮮で個性的なキャラクターの小説といえば『まんぞく まんぞく』が第一に挙げられます。十六歳のときに自分に襲いかかり、大切な家来を斬り殺した浪人者への復讐《ふくしゅう》を誓う、男装の美少女剣士・堀真琴が主人公の痛快活劇です。

この堀真琴、大身旗本の令嬢で、普段は身勝手ながら、己の失敗には極端に意気消沈するところも。料理下手で、同居する農家の娘とは疑似恋愛的な戯《たわむ》れにふけっていたりと、現代のコミックやライトノベルのユニークなヒロイン像を先取りしているようです！　キャラクター小説の面白さが堪能《たんのう》できる、時代小説ビギナーにも親しみやすい作品です。

医師の成長を描く市井《しせい》もの
『秘密』（文春文庫）

『秘密』は、己のすすむべき道に迷った男が、本当の生き甲斐を見つけるまでをテーマにした成長の物語です。

　ささいなことから家老の長男を斬り殺してしまった、元篠山《ささやま》藩士である医師、片桐《かたぎり》宗春。そのことで、彼を恨む家老の一族から命を狙《ねら》われることとなります。江戸で人目を避けながら暮らす宗春ですが、町医者・滑川勝庵《なめかわしょうあん》や、患者たちとの心からの交流を続けるうちに、次第に医師としての使命感に目覚めていきます。

　岐路に立たされていた彼が、医療を通じて、患者とともに自らの人生も癒《いや》す。このような展開の背景には、争いの絶えぬ現実世界への作者の理想が託されている、と読むこともできるかもしれません。

気丈なヒロインの恋と別れ
『雲ながれゆく』（文春文庫）

池波正太郎の作品には、女性を主人公にしたものが少なくありません。『雲ながれゆく』では、『秘密』で医師・宗春に救われた料理屋・大村の娘、お歌のその後を描いています。年を重ねた彼女は、浅草の菓子店・笹屋に嫁いだものの、三年前、夫と死別。店の跡を継いだ義弟の福太郎とは、経営方針で衝突を繰り返す日々でした。とうとう倒産の危機に陥ってしまう笹屋。そんなお歌のもとに、懇意の侍が、仇持《かたきも》ちの若者の世話を依頼してきます。また大陸から戻った謎《なぞ》の男、馬杉源吾《ますぎげんご》との突然の恋もはじまって――。東奔西走し、男勝りの孤軍奮闘をみせるお歌。そして、そのすべてが解決したとき、男たちはそれぞれ自分の道を歩んで行きます。彼らを見送り、最後まで物語の中心に立ち続けるお歌の凛々《りり》しい佇《たたず》まいがいつまでも印象に残ります。

美貌《びぼう》の未亡人が幸せを手にするまで

『旅路』上・下（文春文庫）

「男とちごうて、女というものは、何度も何度も新しく生まれ変ることができるのですよ」――これは『旅路』の終盤に主人公・三千代が、勤め先の宿の女将《おかみ》から告げられた言葉です。池波文学のヒロインには、こうした特性を持った女性が多いのです。

理由も分からずに彦根《ひこね》藩士の夫を惨殺《ざんさつ》され、憎い仇を追って各地を漂泊する若き未亡人・三千代。その美貌から、彼女は善悪問わず多くの男に翻弄《ほんろう》されてしまいます。

あまりにもか弱い彼女ですが、不思議と歴史の闇《やみ》に消えていくのは男たち。そして、ただひたむきに最善をつくそうと努力してきた彼女が、最後には、誰よりも満ち足りた幸せを手にすることに。こうした結末からは、どんな困難に遭遇しようとも、女性にはそれを乗り越え生きて行ける強さがある、そんな作者自身の女性たちへの信頼の念が感じられます。

元祖侠客《きょうかく》のスリリングな人生遍歴
『侠客』上・下（新潮文庫）

池波正太郎は「仇討《あだ》ち」を題材にした作品も数多く執筆しています。『侠客』は、町奴《まちやっこ》・幡随院長兵衛《ばんずいいんちょうべえ》、旗本奴・水野十郎左衛門、この二人の確執の真相を、より明確に著わそうとしたもの。「仇討ち」は物語展開に重要なファクターとして挿入されています。

幡随院長兵衛の前身、下級武士の塚本伊太郎は、唐津藩主・寺沢兵庫頭《ひょうごのかみ》の非道によって両親を殺されてしまいました。怨敵《おんてき》に対しあまりにも無力な伊太郎でしたが、浅草の「人いれ宿」（職業斡旋《あっせん》所）の主人・山脇《やまわき》宗右衛門など、市井の人々に助けられ、これを追い詰めていきます。

作者は、こうした経緯を丁寧に追うことで、後年、身を捨てて町の人々のために働こうとする長兵衛の行動理念に確かな説得力をもたせています。また同時に、武士が官僚化し、商人、町人が台頭する時代の推移を随所に盛り込むことで、新旧勢力の代表者となる二人の苦衷を、より現実感をもって読者に伝えています。

若き幡随院長兵衛こと塚本伊太郎の人生遍歴が、映画「ジェイソン・ボーン」シリーズの原作者ロバート・ラドラムのスパイ小説を彷彿《ほうふつ》させるスリリングな冒険譚のように綴《つづ》られているのも注目！

エロスとタナトスが香る妙作
『おとこの秘図』上・中・下（新潮文庫）

多くの老若《ろうにゃく》男女の鼓動が脈打つ、池波正太郎の作品世界。ときに、その息吹《いぶき》からは人の世の理《ことわり》というものが伝わってきます。たとえば、『おとこの秘図』に描かれる「死」と「性」の螺旋《らせん》構図が意味するものがそれです。

この物語は、母が商家の出のため、身分にこだわる大身旗本の父・重俊《しげとし》に徹底的に疎《うと》まれた徳山《とくのやま》五兵衛（権十郎《ごんじゅうろう》）の少年時代からはじまります。家を出奔する五兵衛は、旅先で恋と冒険の面白さを知り、その後江戸に帰還してからは、将軍・吉宗《よしむね》の特命を受け役目に奮闘することになります。

しかし本作で注目したいのは、五兵衛をとりまく人々の「死」が、実に緻密《ちみつ》に著わされている点なのです。剣術の師、堀内源左衛門の荘厳《そうごん》な最期《さいご》、用人・柴田《しばた》宗兵衛の大往生などなど。

そして、これらの場面と対になって浮き上がってくるのが、男女の交歓を描いた「絵巻（秘戯図）」の存在――。五兵衛の運命の女性お梶《かじ》が、別離に際し贈った住吉慶恩作の「絵巻」は、芸術的迫力で彼の人生に大きな影響を及ぼします。一見、滑稽《こっけい》にも映るこうした五兵衛の「絵巻」にこだわる姿を、作者はこと細かに描出します。

これは、前述の身近な者たちとの別れ、すなわち、人間の「死ぬがために生まれてくる」という宿命の提示と関連しているのです。五兵衛にとって「絵巻」は、愛した女性との記憶であり、限られた「命の時間」を生きた証《あかし》でもあります。

つまり作者は、逃れえぬ「死」と、思い出の象徴となる「絵巻」を螺旋的に描くことで、玉響《たまゆら》の命の価値と、その限られた時間のなかで人を愛《いとお》しむことの意義を、同時に伝えようとしたのです。大人の恋と性を正面から描いた妙趣溢《あふ》れる名作をぜひご堪能ください。

池波正太郎 おすすめ読書コース

江戸の特別警察

町奉行所とは別の捜査権限を与えられた火付盗賊改方は、江戸の特別警察ともいうべき組織。その頭である長谷川平蔵はじめ部下や密偵たちが悪党に挑む！

鬼平犯科帳 シリーズ

P36

四十二歳で火付盗賊改方の御頭となった長谷川平蔵は、実は若い頃は暴れ者。鬼と仏の顔を使い分ける鬼平の魅力に惚れる！　個性豊かな密偵たちにも注目。

江戸怪盗記

『にっぽん怪盗伝』所収

P41

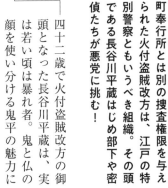

看板

『谷中・首ふり坂』所収

P43

雲霧仁左衛門

P43

こちらの主役は盗賊の御頭、雲霧仁左衛門。時間をかけて入念に準備された盗みを行う雲霧一味と彼らを捕らえようとする安部式部率いる火付盗賊改方との、息詰まる対決。

熊五郎の顔

『にっぽん怪盗伝』所収

P45

『雲霧仁左衛門』にも登場する、盗賊・州走の熊五郎や、与力・山田藤兵衛も登場。盗賊の暗躍に、一人の女、お延の人生が絡んできて……。

火《ひ》付《つけ》盗賊改方《あらためかた》、長谷川《はせがわ》平蔵が大活躍！

『鬼平犯科帳』シリーズ（文春文庫）

江戸幕府から独立した捜査権限を与えられた火付盗賊改方。その長官・長谷川平蔵と彼の配下の与力、同心、元盗賊の密偵たちが、一癖も二癖もある悪党たちと熾烈《しれつ》な戦いを繰り広げる江戸を舞台にした重厚な人間ドラマ。それが『鬼平犯科帳』シリーズです。

物語は、ただ善と悪の攻防をテーマにするのではなく、平和な日常と犯罪との狭間《はざま》で人々が苦悩や葛藤《かっとう》をし、ときには身を滅ぼすような恋路に迷う姿を描いています。いわゆる「捕物帳」的な連作とは違う、新味に溢《あふ》れた江戸世界を提示しているのです。このあたりにもシリーズが圧倒的な人気を得た理由があるのでしょう。

火付盗賊改方とは、町奉行所（江戸町方の行政・司法・警察事務をつかさどった）とは別の幕府の組織です。一種の特別警察のようなものといえるでしょう。江戸市中内外の犯罪を取り締まるばかりか、すこぶる機動性を与えられ、自由に他国へも飛んで行き犯人を捕まえることが出来ました。

主人公の長谷川平蔵は、父・宣雄《のぶお》と長谷川家の下女お園との間に生まれた子どもです。若いころの名は銕三郎《てつさぶろう》。出生後、父の宣雄が家督を継ぐ事情で姪《めい》の波津《はつ》を正妻にしたことから、その養母に「妾腹《めかけばら》の子」といじめぬかれて育ちます。このため若いころの平蔵は家に寄りつかず、本所、深川あたりの盛り場や悪所をうろつき、無頼どもと暴れまわっていました。その頃の彼は周囲から「本所の鬼」、「入江町の銕さん」と呼ばれ恐れられていたのです。非行にはしるかたわら、平蔵は世間への反抗と鬱憤《うっぷん》を、剣術の稽古《けいこ》に打ち込むことで発散していました。一刀流の剣客・高杉銀平の道場に入門し、剣友の岸井左馬之助《さまのすけ》とともに切磋琢磨《せっさたくま》して剣の腕を磨いたのです。本編で平蔵が数々の死闘から生き残れたのは、こうした若き日の修練のたまものといえるでしょう。

二十八歳のときに亡父の後をついでから、平蔵は二の丸・書院番、同御徒頭《おかちがしら》などいくつかの役目を歴任し、そして天明七年（一七八七）の九月十九日、四十二歳のときに火付盗賊改方の御頭《おかしら》に就任します。前任の長官・堀帯刀《たてわき》と役目を交替し、目白台の屋敷から清水門外の役宅に移り住むのです。目白台の私邸は、平蔵の嫡男《ちゃくなん》・辰蔵《たつぞう》が留守をあずかることになります。シリーズは、平蔵が就任直後に、怪盗・野槌《のづち》の弥平《やへい》一味を捕らえる「唖の十蔵」からはじまり、およそ十年間の盗賊追捕《ついぶ》の職務の遂行を追う予定でした。ですが、作者の急逝により長編「誘拐」(未完)が最終話となってしまったのです。

長谷川平蔵は実在した人物で、幕府に進言して石川島に人足寄場《にんそくよせば》を作ったことで有名です。この人足寄場とは、死罪以外の囚人を教育、保護し、種々の内職をさせる、出獄後のためのいわば更生施設のような場所でした。

作中の平蔵は、普段は、「小肥《こぶと》りの、おだやかな顔貌《がんぼう》で、笑うと右の頰に、ふかい笑《え》くぼが生まれた」大変温厚な人物です。が、ひとたび悪人と向き合えば、明王の如《ごと》き苛烈《かれつ》な法の番人へと変貌します。この鬼と仏の両極端の顔を使い分けながら江戸の治安を守り続けたところに、長谷川平蔵という人物の個性と魅力があるといえるでしょう。

その長谷川平蔵の人間的な奥深さは、彼を取り巻く人々との普段の生活風景にもよく表れています。平蔵が頼みとする与力の佐嶋忠介《さじまちゅうすけ》や、若き同心・木村忠吾《ちゅうご》など、仕事仲間たちとの信頼があってこそ、火付盗賊改方は無敵の警察組織と成り得たのです。そしてもう一つ、お役目を果たす上で無くてはならないのが、密偵たちです。平蔵らは裏社会の情報収集などに元盗賊だった密偵たちをつかいます。お上の御用ため、密偵たちに潜入・調査を命じるのです。裏社会の側からは「狗《いぬ》」と蔑《さげす》まれ、ときには裏切り者として命を狙《ねら》われる大変危険な仕事ですが、彼ら密偵は平蔵たちのために命がけで役目に励みます。女密偵のおまさ、平蔵の昔なじみの相模《さがみ》の彦十《ひこじゅう》、密偵たちのリーダー格・大滝の五郎蔵《ごろぞう》など、密偵たちは盗賊改方との身分、立場を超えたつながりで捜査に協力するのです。ある作品で平蔵は、「もしも万一のことあって、わがふところに抱きぬくめている者の失敗《しくじり》があるときは、主人《あるじ》たる者が腹を切って申しわけをせねばならぬ」と語っています。それほどまでの覚悟をもって、主従は一体となって仕事に取り組んでいるのです。信頼しあい、共に生きる、この特別な人間関係が、物語にあたたかな情味をもたらしていることは間違いありません。

なお密偵たちは、池波正太郎のオリジナル設定です。これ以外にも、池波作品で度々述べられる、本格の盗賊の三カ条の掟《おきて》「一、盗まれて難儀するものには、手を出さぬこと。一、つとめするとき、人を殺傷せぬこと。一、女を手ごめにせぬこと」など、作者が考え出した独自の設定や表現はたくさんあります。江戸の殺し屋を「仕掛人」と呼ぶなど、独創性溢れる造語や、ネーミングのセンス、構想力も作者の時代小説の妙味といえるでしょう。

『鬼平犯科帳』は、豊かな人間性を表出している点から、謎解《なぞと》きの物語というよりも、世話もの・人情ものの感がつよいことがうかがえます。むしろ江戸を舞台にした人々の風俗、人情、生活全般を捉《とら》えた世話ものの連作と受け止められるのではないでしょうか。そしてその人間、社会への鋭い観察のなかには、当然、人間の複雑で謎めいた精神性も内包されています。そんなミステリアスな部分がときに事件や犯罪へと物語をいざなっていくのです。本編で犯罪心理への深い洞察が語られているのを目にすると、人によっては海外ドラマの『クリミナル・マインド』を想起する方もいるのではないでしょうか。アメリカのＦＢＩのＢＡＵ（行動分析課）に所属する捜査官たちの活躍を描いたこのドラマは、凶悪犯罪者とＢＡＵの対決を映しながら、最終的には、人のなかの善悪や罪の意識、そして人間とは何か、という大きなテーマに行き当たります。池波正太郎の作品にも、この大きな疑問への問いかけが含まれているように思われてなりません。そういった人間的な興味の面からも、作品を楽しむことができるのではないでしょうか。

また、江戸市中の情景を非常に事細かに描写しているのも作品の特色の一つです。その描き出される風景は、読む『江戸名所図会《ずえ》』、『江戸切絵図』と表現してもおかしくないほど見事なものです。失われた私たちの故郷、江戸の町の景観を、本編でぜひお楽しみください。

シリーズは短編が一三〇作、長編が五作、番外編が一作存在します。長編作品は比較的、長谷川平蔵にスポットが当てられ、彼の素顔に肉薄する独特の雰囲気が楽しめます。長編第一作『雲竜剣』では、長谷川平蔵と火付盗賊改方に魔の手が襲いかかり、彼らは窮地に陥ります。その危機に立ち向かう様を躍動感豊かに表現しており、長編ならではの緊迫感が全編にみなぎっています。

番外編『乳房』は、長谷川平蔵と浅草の足袋問屋の女中・お松との不思議な縁を綴《つづ》った作品です。盗賊と警吏のあいだに立たされる、彼女の数奇な人生模様を丹念に記しています。数々の不運に見舞われながらも試練の荒波を泳ぎ切る女性のつよさに、平蔵と同様、読者も感銘を受けることでしょう。

鬼平が初登場する江戸の警察小説

「江戸怪盗記」（『にっぽん怪盗伝』角川文庫）

池波正太郎が長谷川平蔵を最初に作品に登場させたのは、昭和三十九年発表の「江戸怪盗記」です。

この作品は、寛政三年（一七九一）頃を舞台に、押し込みの際、女性に乱暴をはたらく凶賊・葵小僧《あおいこぞう》を首領にした盗賊一味と、長谷川平蔵率いる火付盗賊改方の対決がテーマとなっています。そして、主に葵小僧の心の動きに焦点があてられています。彼が何故《なぜ》、極悪非道な悪党になったのか、その犯罪者の経歴を丁寧に描いているのです。池波正太郎が、いつ頃から人間の内面世界に切り込む警察小説的な作品を執筆しようとしていたのか、その考えの一端がうかがえる貴重な一編といえるでしょう。

またこの作品の中で、町奉行所と火付盗賊改方が縄張り意識などで対立していることに触れ、「徳川の世も、寛政のこのころになると、やたらに官僚臭がつよくなるばかりで、何事にも儀礼だの制度だのと、複雑な慣例がふえるばかりとなり、政治は死んでいる」と痛烈に批判しています。こうした言及からも、江戸と現代をつなごうとする作者の創作に対する意欲が感じ取れるのではないでしょうか。

鬼平の密偵がかつて盗賊だったころ
「看板」（**『谷中・首ふり坂』新潮文庫**）

昭和四十年「別冊小説新潮」に発表された「看板」は、『鬼平犯科帳』においても平蔵の密偵となる夜兎《ようさぎ》の角右衛門《かくえもん》の盗賊時代を描いたものです。人の善意が生み出す思わぬ結果や、人生の驚くべき転変を巧みに映し出しています。文体や作品のムードなど、のちのシリーズ作品との違いを読み比べてみるのも一興でしょう。

大盗賊VS火付盗賊改方の対決！
『雲霧仁左衛門』前・後（**新潮文庫**）

八代将軍・徳川吉宗の時代、全国的にその名をとどろかせる怪盗・雲霧仁左衛門と、彼を頭《かしら》に盗みを繰り返す雲霧一味。そんな雲霧仁左衛門らの捕縛に動くのは、安部式《あべしき》部《ぶ》を長官にした江戸の火付盗賊改方です。物語は、両者の息詰まる対決をサスペンス調で綴っています。仁左衛門の盗みは「一つの大仕事を二年三年もかけておこない、一滴の血もながさず」に遂行されるもので、作品は盗みを実行するまでの準備期間を非常に詳細に記しています。このような犯行と捜査を同時進行で描く作風は、どこかイギリスの冒険小説作家フレデリック・フォーサイスの暗殺者対警察の攻防をドキュメンタリー風に著した『ジャッカルの日』を思い起こさせます。

作品は、前半が尾張《おわり》、後半が江戸を舞台にして大店《おおだな》への盗みの計画を追う流れになっています。そして尾張では、仁左衛門と盗賊改方の戦いに、江戸幕府と尾張家との長年の対立による幕府隠密《おんみつ》と尾張隠密の水面下の暗闘が絡《から》んできます。世の中の様々な事情が、互いに影響を及ぼし合うという、複雑な人の世のありようを物語世界に投影しているのです。

雲霧仁左衛門と女盗賊・お千代、小頭・木鼠《きねずみ》の吉五郎。それに対する火付盗賊改方の長官・安部式部、筆頭与力・山田藤兵衛《とうべえ》、同心・高瀬俵太郎等々。盗む者、取り締まる者、どちらも人間味豊かに描かれており、最後の対決の時にいたるまでの盛り上がりは格別です。池波正太郎らしい、衝撃の結末をぜひとも見届けてほしいと思います。

誰にも予想できない幕切れ
「熊五郎の顔」（『にっぽん怪盗伝』角川文庫）

『雲霧仁左衛門』で活躍した与力・山田藤兵衛や、盗賊・州走《すばしり》の熊五郎《くまごろう》が登場する短編に「熊五郎の顔」があります。四年前、役目中に命をおとした目明しの政蔵。その妻のお延《のぶ》は、ひとりの男性に惹《ひ》かれはじめます。しかし、その人物には不審な点があり……。という愛に揺れる女心をミステリー仕立てに描いています。御用となった仁左衛門の乾分《こぶん》・山猫三次を奪い返そうとする盗賊・熊五郎の暗躍と、お延の揺れる心中を巧みな構成で絡ませ、最後には誰にも予想のできない幕切れが待ち受けています。読者の意表を突く、実に心憎い演出がほどこされた短編です。

池波正太郎 おすすめ読書コース

仕掛人の暗躍

依頼に応じて人を殺めることを仕事とする「仕掛人」。江戸の暗黒街にうごめく彼らの非情な仕事ぶりの奥に隠された葛藤。池波流ノワールに溺れたい。

仕掛人・藤枝梅安 シリーズ

P48

医者でありながら仕掛人（殺し屋）としての仕事を請け負う、池波作品を代表するダーク・ヒーロー、藤枝梅安。単なる勧善懲悪を超越した奥深き人間ドラマ。

殺しの掟 梅雨の湯豆腐

『殺しの掟』所収

P53

闇は知っている

P53

闇の狩人

P55

夜明けの星

P56

仕掛人を主人公とし暗黒街を描きながらも深い感動を呼ぶ、池波の人生経験が反映された名作。

若き僧がやがて殺し屋となる『闇は知っている』と、記憶喪失の若侍が仕掛人稼業に手を染める『闇の狩人』には深いつながりが。ぜひとも合わせて読みたい二作品。

人を殺《あや》めることに葛藤《かっとう》する闇《やみ》のヒーロー
『仕掛人・藤枝梅安』シリーズ（講談社文庫）

『仕掛人・藤枝梅安《ふじえだばいあん》』シリーズの主人公・藤枝梅安は、東海道・藤枝の生まれで、品川台町《だいまち》で鍼《はり》医者をしている三十五歳の独り者です。坊主頭《ぼうずあたま》に六尺に近い大きな躰《からだ》ですが、確かな鍼さばきで多くの患者をいやしています。近隣の住民からも頼りにされる梅安ですが、裏の顔は、金で人を始末する仕掛人（殺し屋）です。彼は、幼い頃に母親に捨てられたところを、鍼医の津山悦堂に拾われ、二十五歳まで悦堂に育てられながら鍼術《しんじゅつ》を学びました。その後、親しくなった女性に手酷《てひど》く裏切られ、それをきっかけに仕掛人となったのです。

ここで江戸の暗黒街の裏稼業の仕組みについて説明しておきましょう。まず殺しを依頼する者を「起《おこ》り」といいます。そして依頼を受ける裏社会の顔役のことを「蔓《つる》」とよびます。殺しを請け負った「蔓」は、依頼内容を調査・吟味して、これならいけると見通しが立ったら「仕掛人」に殺しを頼むのです。報酬は、「蔓」と「仕掛人」

が半分ずつ分け合います。犯罪捜査に科学的なちからが及ばなかった二百年以上まえの話なので、こうした非合法な仕事が成り立ったといえるでしょう。

なお、本シリーズで登場する「蔓」は、盛り場・興行を取り仕切る香具師《やし》の元締《もとじめ》たちが多く、彼らは池波正太郎の他の暗黒街ものの小説にも頻繁に登場します。もちろん、実際の香具師の元締たちが、殺しを請け負ったという記録等はありません。また仕掛人というのも作者が創造した存在です。独創的な香具師の元締たちの作品をまたいだ暗躍も、作者の江戸の裏社会ものの特徴といえるでしょう。

全七冊（未完）のシリーズは、梅安が仕掛人となった経緯を差し挟んだ第一話「おんなごろし」からはじまります。表と裏の仕事を続ける梅安と、浅草の料亭の女中おもんとの逢瀬《おうせ》や、普段は「楊子《ようじ》つくり」をしている同じ仕掛人の彦次郎《ひこじろう》との触れ合いなどが、四季折々の風景を織り交ぜながら綴《つづ》られます。年上の相棒、彦次郎も、悪人に人生を踏みにじられ、望まずして修羅の道に入った人間です。やがて梅安と彦次郎は、小杉十五郎という若い剣士と出会い、梅安の良き理解者である香具師の元締・音羽《おとわ》の半右衛門とともに、十五郎の人生を大きくゆがませた大坂の香具師の元締・白子屋《しろこや》菊右衛門《きくえもん》と壮絶な死闘を繰り広げることになります。

シリーズ第一巻『殺しの四人』のあとがきで、池波正太郎は「人間は、よいことをしながら悪いことをし、悪いことをしながらよいことをしている」という主題を強調しながら、「一作ごとに梅安や彦次郎の生態を、深く追いかけて行こうとおもってい る」と述べています。こうした創作意図から、『仕掛人・藤枝梅安』という物語は、善悪の判断など、様々な矛盾を発生させる人間の精神性への追求を試みている、と見ることが出来るでしょう。

なおシリーズは、善悪や、罪と罰を描いていますが、単なる勧善懲悪の物語ではありません。悪と正義という分かり易《やす》い二元論ではなく、「よいこと悪いこと」のあいだで定まらぬ、人間の心の動きや、思いもよらぬ運命の転機を鮮やかに描き出しています。

当然それは、主人公の梅安も同じです。なにより、梅安は殺しという行為への忌避の念を失っていません。だからこそ、彼は未来ある若侍・小杉十五郎にまっとうな道を歩ませようと努力しているのです。医者であり殺し屋でもある梅安は、悩みながら様々な人生の課題やトラブルと向き合い、その解決の手立てを考えます。裏稼業ゆえ、命の危険にさらされながら、諸々《もろもろ》の問題に対し知恵を絞ります。そして、状況における最善の解決策をひねり出して、行動します。

このように、厳しく過酷な現実とも正面から向き合っているのが『仕掛人・藤枝梅安』シリーズの特色といえるでしょう。そしておそらくは多くの読者が、梅安の思索に耽《ふけ》る姿を眼にすることで、知らず知らずのうちに自分の身に置き換えて、善悪や物事について思いをめぐらせているのです。『仕掛人・藤枝梅安』シリーズが、広く大衆に求められる理由の一つに、こうした共感現象があると思われます。

また人間の暗黒面に切り込みつつ、作者は影の世界に生きる者たちに友情や信頼、食べることでの救い、湯治場のぬくもりなど、闇に差し込む一筋の光や、希望を付与しています。このことが物語をなごませ、さらなる強い求心力を生み出しているのです。闇のなかでの生きる希望など、人の世の悲喜交々《こもごも》を描いた池波正太郎の物語に触れることは、一様ではない、社会と人間の真実を見つめることと同義なのではないでしょうか。

池波正太郎はインタビュー「池波正太郎『梅安余話』」(『梅安冬時雨』収録)で、梅安は「ほんとは医者として生きていくのが当然」であり、「仕掛人はやりたくはないんだから。だけど前からのいろいろな因縁があるから、断るわけにいかないわけだよ、みんな秘密を知ってるから。だから、いやいやながらやるわけだ」と彼の胸中を明かしています。梅安は生きていくためにやむなく仕掛人を続けています。作品全体が静《せい》謐《ひつ》な筆致で紡《つむ》がれているのは、こうした厳しい状況を踏まえてのものだからなのかもしれません。

　シリーズの第一話「おんなごろし」では、梅安が彼と非常に密接な関係にある女性を殺めるという特殊な構成になっています。先の人物設定等を鑑《かんが》みると、この作品は活劇小説的でありながらも、どこかギリシア悲劇や、詩人で劇作家のウィリアム・シェイクスピアの作品と同じような人の内面世界への探究が行われているようにも感じられます。人間の本質に迫る物語のなかにさりげなく挿入された、象徴的な事象の意味を読み解くのも、本シリーズの楽しみ方の一つなのかもしれません。

　池波正太郎のいわゆる暗黒街ものを味読したうえで、作者の広範な文学世界を見渡すと、私たちはその山脈的世界に刻まれた深い陰影に気づかされます。愛や情け、信頼の念などの人類の明るい面と、それとは対極的な欲望や非情さといった影の部分。その明暗を折り重ねながら、池波正太郎は戦国、江戸、幕末、それぞれの時代のヒーローの勇姿と、敗者たちの志や想《おも》いを物語に著しているのです。美しく雄大な山景に映じられた、勇気や感動をぜひその目でお確かめください。

裏稼業における仁義と信念
「殺しの掟」「梅雨の湯豆腐」（『殺しの掟』講談社文庫）

江戸の暗黒街をテーマにした池波正太郎の短編集に『殺しの掟』があります。『仕掛人・藤枝梅安』で梅安とは友好的な香具師の元締・音羽の半右衛門の裏稼業の信条を綴った表題作「殺しの掟」や、彦次郎の原型ともいうべき殺し屋を登場させた「梅雨の湯豆腐」が収録されています。非情な世界に息づく、仁義や信念を描き出した珠玉の作品集といえるでしょう。

人間の本質を描く池波流ノワール
『闇は知っている』（新潮文庫）

筒井藩領、真方寺《しんぽう》の若き僧・隆心《りゅうしん》は、天涯孤独の身の上で、仏門に一生をささげる我が身を悲観していました。そんな隆心のまえに庄屋の後家お吉が現れ、彼を誘惑します。後家の成熟した女の魅力に身も心も酔いしれる隆心ですが、お吉の振る舞いが火遊びであったことを知ると、激昂《げっこう》し、勢い余って彼女を絞殺《こうさつ》してしまいます。罪に問われることを恐れた隆心は、故郷を捨て、名も山崎小五郎と変えて逃亡生活をはじめます。そして、ひょんなことで師弟関係となった凄腕《すごうで》の剣士・杉山弥兵衛《やへえ》に導かれて、金で殺しを請け負う殺し屋となるのです。やがて彼は、盛り場や興行を取り仕切る香具師たちの勢力争いと、筒井藩の跡目相続をめぐる騒動に巻き込まれていきます。

本書は、作者の暗黒街ものの中でも、とくに非情さを題材にした作品です。ただし、その世界観は、古典的な映画、フィルム・ノワールに似た独特のダンディズムをもって描かれています。過剰に暴力を描くのではなく、欲に狂う人間の本質を、流麗な筆致で捉えているのです。人間の悪意や冷酷さなど、闇の一面を知識として学ぶという意味では、格好の一編といえるでしょう。なお、『闇は知っている』と『闇の狩人《かりうど》』は深いつながりがあるので、どうか続けてお読みいただきたいと思います。

闇社会と大名家の内紛がつながる壮大なドラマ

『闇の狩人』上・下（新潮文庫）

江戸の盗賊の小頭・雲津《くもつ》の弥平次《やへいじ》は、上州と越後《えちご》の国境付近の湯治場で、傷を負った若侍を助けます。記憶を失った彼に、弥平次は谷川《たにがわ》弥太郎《やたろう》と名づけ面倒をみます。しかし、謎の侍たちに狙われる弥太郎は、弥平次には何も告げず姿を消してしまうのでした。数年後、舞台は江戸に変わります。弥平次の属する盗賊団の首領・釜塚《かまつか》の金《きん》右衛門《えもん》が亡《な》くなり、小頭の弥平次はその跡目を誰にするかで苦慮していました。そんな中、弥平次は、偶然、仕掛人（殺し屋）として働く弥太郎と再会します。弥太郎は、香具師の元締で、仕掛人に仕事を依頼する「蔓」の五名《ごみょう》の清右衛門《せいえもん》の世話になっていたのです。そして、闇の世界の住人となった弥太郎に、大名家のお家騒動という、さらなる数奇な運命が襲い掛かります。

戦のない天下泰平の世の中では、徳川幕府の独裁的な政策によって武士は窮乏し、かわって町人たちの財力、経済力が社会を牽引《けんいん》します。このため、地方の大名家の重臣などは、江戸でもめ事が起きたときは、暗黒街の顔役、香具師の元締などを頼り、トラブルの解決を図ります。こうした権力と裏社会の癒着が、谷川弥太郎や雲津の弥平次を、思いもよらぬ重大事件に巻き込むのです。二人の男の出会いが、江戸の暗黒街の勢力争いと、大名家の内紛という大騒動へと発展する、興奮必至のドラマチックな物語です。

仕掛人になった男と、彼に父を殺された娘の運命
『夜明けの星』（文春文庫）

十六年間、江戸で父の敵《かたき》を探していた浪人・堀辰蔵《たつぞう》は、飢えと疲労から誤って煙管《きせる》師《し》の源助を斬《き》り殺してしまいます。その源助には一人娘・お道がいました。物語は、罪なき人を殺めてしまい、闇の世界に堕《お》ち仕掛人（殺し屋）となる堀辰蔵と、人の世の不運や欲望に翻弄《ほんろう》されながらも、自分を見失わずに歩み続け、ついには人々から一目も二目も置かれる人物に成長していくお道の姿を克明に追っています。複雑な事情

におかれた二人が、紆余《うよ》曲折を経て物語の終盤に邂逅《かいこう》する流れは、暗黒街を舞台にした小説ですが、深い感動で読者の心を満たしてくれます。

ちなみに、池波正太郎は「梅安余話」で人間の生き方について、「自分が人間的に向上しようとか、そういう欲はいい」が、「我欲」を持つことはその身を不幸せにするおそれがある、と語っています。豊富な人生経験から導き出されたその考えは、本書にも反映されているといえるでしょう。そうした人生訓に留意して、豊饒《ほうじょう》な作品世界に触れるのも面白いかもしれません。

武将と忍者

池波正太郎 おすすめ読書コース

乱世に生きた戦国武将たち。彼らの戦の裏には、忍びの者たちの暗躍があった。やがて真田家の物語に結実するバラエティ豊かな池波戦国ものをご紹介。

錯乱

『真田騒動 恩田木工』所収

P60

記念すべき池波正太郎の直木賞受賞作。老中・酒井忠清と、真田信之との緊迫する謀略戦を描く。

蝶の戦記

P61

忍びの風

P62

美貌の女忍び、於蝶が活躍する二冊。戦国の世、武将の忍びとして奮闘する彼女の姿は『真田太平記』のお江の原型に。

忍者丹波大介

P63

関ヶ原の戦いの後の丹波大介を描く作品。加藤清正に尽くす大介に、女忍びの於蝶も協力、徳川方に立ち向かう。

火の国の城

P64

英雄にっぽん

P65

剣の天地

P66

真田太平記

P67

英雄・真田幸村と、その父で智謀に長けた昌幸、そして賢明な兄・信幸。やがて敵味方に分かれる真田家の運命を、魅力あふれる忍者たちの活躍と共に描く、池波戦国ものの集大成！

記念すべき直木賞受賞作！

「錯乱」（『真田騒動　恩田木工』新潮文庫）

池波正太郎は大作『真田《さなだ》太平記』に取り掛かるまえに、真田家にまつわる多くの作品を発表しています。なかでも短編集『真田騒動　恩田木工《もく》』に収録された「錯乱」は昭和三十五年（上期）の第四十三回直木賞受賞作で、作者にとっても特別な作品です。

真田家の支配を目論《もくろ》む幕府老中・酒井忠清《ただきよ》と、九十歳を過ぎた真田信之《のぶゆき》（初名は信幸）との隠密を介した緊迫の謀略戦を描いています。武士社会の壮絶な暗闘とも、あるいは戦後の冷戦下の熾烈《しれつ》な諜報《ちょうほう》活動を徳川の世に映し出しているとも受けとれ、その奥行のある世界観が当時の読者に深い感銘をもたらしました。

これ以外にも『真田騒動　恩田木工』には、窮乏する真田家の領地、信州松代《まつしろ》藩の財政改革に尽力した家老・恩田木工の奮闘を描いた表題作等、真田もの五編が収録されています。

武将たちの間で暗躍する女忍び
『蝶の戦記』上・下（文春文庫）

本作は、池波正太郎が初めて、女忍びを主人公にした小説です。甲賀・杉谷の美しき女忍び、於蝶《おちょう》は、上からの命で織田信長の動静をさぐっていました。桶狭間《おけはざま》の合戦で今川義元《よしもと》に劇的に勝利した時代の寵児《ちょうじ》・信長。彼は戦国の世を勇躍していきます。そんな中、於蝶は越後の上杉謙信のもとで働くことになります。謙信の人間性に惹かれた於蝶は、彼のため川中島の合戦などで仲間の忍びたちと奮戦します。けれども、壮絶を極めた姉川の合戦で、杉谷の忍びは於蝶を残して皆、戦死してしまうのです。

作者は、戦国の世を自由闊達《かったつ》に生きる於蝶と、信長や謙信、浅井長政など戦国武将それぞれの気質を巧みに書き分けることで、戦国という時代を重層的に浮かび上がらせています。また、忍び独特の呼吸法「整息術」や、飛苦無《とびくない》など特殊武器が登場するのも物語展開に弾みをつけています。

なお、戦国の世を鳥瞰《ちょうかん》する於蝶の立ち位置は、『真田太平記』の女忍び、お江《こう》の原型であったともいえるでしょう。

女忍び・於蝶、ふたたびの登場
『忍びの風』一〜三（文春文庫）

『忍びの風』は、仇敵《きゅうてき》・織田信長の命を狙う杉谷の忍び、於蝶の活躍を描いた『蝶の戦記』の続編です。

織田信長と共に浅井、朝倉との決戦に臨む徳川家康。その家康の軍勢には、武田家のためにはたらく甲賀の伴《ともの》忍び・井笠《いがさ》半四郎が潜入していました。そんな若き忍び半四郎の前に於蝶が現れます。かつての想い人、於蝶に同心した半四郎は、甲賀を抜け、彼女と共に信長の首をとることを決意します。

しかし戦国乱世はふたりを離れ離れにし、於蝶と半四郎は別々の道を歩むことになります。於蝶は武田軍の高遠《たかとお》城を攻める織田の陣中で、織田信長の長男・信忠《のぶただ》と出会い、やがて愛し合うようになるのです。また、甲賀の忍びにもどった半四郎は、頭領の指令で明智光秀の家来の林彦蔵の配下となります。そして彦蔵の妹おるいと結ばれます。目まぐるしく変転する乱世は、主君と家来、男と女、あらゆる人々の立場を容赦なく敵と味方に振り分けます。そんな混乱の中に生まれる人間の愛と憎しみ。本作は、そうした数々の人生の岐路を臨場感豊かに活写しています。

忍者小説の新しいスタイルを提示
『忍者丹波大介』（新潮文庫）

慶長三年（一五九八）、天下統一を成し遂げた豊臣秀吉が亡くなりました。秀吉歿《ぼつ》後《ご》、諸国の大名は豊臣派と徳川家康派の二つに分れます。ほどなくして、この対立は関ヶ原の合戦を引き起こすのです。

忍者・丹波大介は甲賀の忍びでしたが、頭領から今まで仕えてきた真田幸村らの暗殺を命じられたことで、時代に流される甲賀忍びから抜けることを決めます。一匹《いっぴき》狼《おおかみ》となった大介は、自ら丹波忍びを名乗り、おのれの信じる生き方で戦国の世を渡っていきます。
真田昌幸《まさゆき》に十万の軍勢に匹敵するとまで称《たた》えられた忍者、丹波大介。彼の権力、組織に媚《こ》びぬ堂々たる生き方が、忍者小説の新しいスタイルを提示し、そのヒーロー的な活躍に多くの読者が胸を躍らせました。また『真田太平記』に登場する奥村弥五兵衛《やごべえ》や向井佐助と共演する演出も、池波ワールドの裾野《すその》の広がりを感じさせ、人々を魅了しています。

『忍者丹波大介』で孤高の戦いを演じた丹波大介の復活の物語
『火の国の城』 上・下（文春文庫）

関ヶ原の合戦から五年後、徳川家康は豊臣家に対し様々な手段を講じて追い詰めていきます。その家康に与《くみ》しながらも、加藤清正は豊臣家の存続のために奮闘。丹波大介は、信義を重んじる加藤清正のため、杉谷のお婆こと女忍びの於蝶に助力を願い、徳川方に立ち向かいます。

こうして本作は、大坂の陣の背後で行われた忍びたちの暗闘と、加藤清正の悲壮な男気を描いていきます。丹波大介と『蝶の戦記』の於蝶の共闘も話題となった、池波正太郎の戦国忍者ものの完結編と位置づけられる長編小説です。

ヒーロー山中鹿之介《しかのすけ》の実像に迫る
『英雄にっぽん』（角川文庫）

永禄《えいろく》九年（一五六六）、主家である出雲《いずも》の富田《とだ》城主尼子《あまこ》氏が中国地方の統一を目指す毛利元就《もとなり》に敗れると、武将・山中鹿之介は、尼子一族の勝久を擁して再興に動きだします。織田信長、豊臣秀吉の支援を得てお家のため戦いを繰り返す山中鹿之介。その艱難《かんなん》辛苦に挑む姿は、後世、悲運の武将として多くの日本人に愛されることになります。

戦前、講談や教科書に取り上げられたことで山中鹿之介は理想の日本人像として称えられました。しかし本作では、彼を過剰に偶像化するのではなく、この国の広さに胸を膨らませる一人の若者として描いています。

歴史とは、血の通った生きた人間の記録であり、その人間の精神の強さ、あるいは非力さなど、ありのままを映すのが、小説の使命であるという、作者の熱い思いが感じられる戦国武将譚《たん》です。

戦国の世を生き抜いた「剣聖」
『剣の天地』上・下（新潮文庫）

もとは上州・大胡《おおご》の城主で、幾多の戦場を潜《くぐ》り抜けてきた上泉伊勢守《かみいずみいせのかみ》は、やがて剣の道を極めることを人生の目標に定めます。疋田《ひきた》文五郎、神後《じんご》宗治《むねはる》、柳生宗厳《やぎゅうむねよし》、丸目蔵人《くらんど》など、兵法者たちと交誼《こうぎ》を結び、己の理想の剣を追求する伊勢守。後年、彼は「殺傷の術」を探究しつつ、「活人剣」の研究にも精魂を傾ける、柳生宗厳こそ自分の正当な後継者であると確信するのです。

本作は新陰流《しんかげ》の創始者で、のちに「剣聖」と仰がれる上泉伊勢守の生涯を格調高く描き、真の剣豪とは、そして真の強者とは何かを探った戦国剣豪小説です。

敵味方に別れた親子の壮大なる大河小説
『真田太平記』一〜十二（新潮文庫）

池波正太郎の真田ものの集大成と位置づけられるのが大作『真田太平記』です。物語は、天正十年（一五八二）三月の信州伊那《いな》の高遠城から幕を開けます。先年の長篠《ながしの》の戦いで織田信長、徳川家康の連合軍に敗れた武田勝頼《かつより》は、高遠城を最後の砦《とりで》に奮闘するも、敵の圧倒的戦力に負け自刃《じじん》します。武田の将・仁科《にしな》五郎盛信《もりのぶ》の長柄《ながえ》組《ぐみ》足軽で、十九歳の向井佐平次は、深手を負いつつも武田家宿将・真田昌幸配下の忍び「草の者」の女お江に救われます。その後、向井佐平次は別所の温泉で真田家の次男・源二郎（のちの幸村）と出会い、以後、二人は身分の垣根を越えて主従の交流を続けていくことになります。

その後、作品は豊臣秀吉と徳川家康という巨大な権力者の狭間に立たされた信州の真田家が、父・昌幸と次男・源二郎信繁《のぶしげ》は豊臣方に、長男・源三郎信幸（のちの信之）は徳川方に、それぞれ与して家の存続のために戦う姿を描いていきます。

この時代、忍びは武士社会から卑《いや》しいものと見られていましたが、真田昌幸は彼らを同朋《どうほう》、仲間として扱っていました。壺谷《つぼや》又五郎を頭領にした真田家に仕える忍び衆「草の者」と、真田の一族との信頼関係は、敵味方が入り乱れる戦国時代にあって稀《け》有《う》な例であり、彼らの優れた能力を理解していたからこそ、真田家は存続したといっても過言ではないでしょう。

こうした人と人との熱いつながりは、真田家の忍びとなった向井佐平次と、同じく真田家のためにはたらく彼の息子・佐助とのさりげない会話にも滲《にじ》み出ています。そしてそれらとは対照的に、織田信長、徳川家康など権力者たちが身内さえも切り捨てる非情な決断を下す場面からは、多様で複雑な人間の奥深さが感じられます。

また『真田太平記』では、女性の活躍が一際《ひときわ》目を引きます。女流文化人の小野のお通、信幸（信之）を支え続けた妻の小松殿、そして忍びのお江。

戦国武将も顔負けの行動力を発揮する彼女たちの姿は、鮮烈で独特の爽快感《そうかいかん》さえ漂わせています。なかでもお江は、シリーズをすべて見渡した時、この物語の陰の主人公であると言っても過言ではないほどの存在感を示しています。年齢や倫理道徳を超越したお江の姿は、例えば、北欧神話の運命の女神ノルン、ギリシア神話の三姉妹モイラのような女神の如《ごと》き神秘性、優雅さが感じられ、作品に伝奇的、幻想的な興趣を添えています。

作品は物語の性質上どうしても登場人物たちの死からは免れ得ません。だが池波正太郎は、主要人物たちの死に際をあまり描きませんでした。合戦であろうと、残酷な描写は極力排し、人々の死を静かな筆致で綴っています。

そして、物語の結末が、真田信之が徳川秀忠《ひでただ》の命で松代に移封される際の「真田昌幸以来、三十余年にわたる真田家の善政」に守られた領国の人々の感謝と別れを惜しむ場面で締めくくられている点に、本作のメインテーマがうかがえはしないでしょうか。

『真田太平記』は、合戦の悲惨さや人の負の面ばかりに目を向けるのではなく、人間の勇気や可能性の探求、より良い国のあり方や民衆の望む幸福とは何かを考えさせる、人の心に希望の火を灯《とも》す、平和を追求した光の物語として読むことができるのです。

幕末の男たち

池波正太郎　おすすめ読書コース

幕末動乱の時代。志を胸に波瀾万丈な人生を駆けた男たちがいた。池波が見つめた熱きヒーローたちの生涯とは！

近藤勇白書
P72

＜

幕末新選組
P73

＜

この時代の代名詞ともいえる新選組で活躍した志士を描く二つの作品。近藤勇は動乱に命を捧げ、『幕末新選組』の永倉新八は維新後もしぶとく生き抜く。

遊撃隊に編入され官軍と闘った若き美剣士、伊庭八郎。恋と戦に命を散らした幕末青春ストーリー。

幕末遊撃隊

P74

西郷隆盛

P76

人斬り半次郎（幕末編・賊将編）

P77

薩摩の貧しい家に生まれた半次郎、のちの桐野利秋は、西郷隆盛の腹心として異例の出世を遂げる。

その男

P79

池波幕末もののすべてが詰まった一作。終盤で幼少期の池波正太郎が登場!?

新選組の局長、その激動の生涯

『近藤勇白書』（角川文庫）

数多くの幕末を描いた作品のなかから、まずは幕末の代名詞ともいえる新選組を取り上げた本書をご紹介。この作品は、新選組を率いた局長・近藤勇を主人公にしています。

近藤は、幕末動乱の世に江戸から京に上り、京都守護職のもと、尊皇攘夷《そんのうじょうい》派らの鎮圧のため新選組を結成した、天然理心流の使い手。土方歳三《ひじかたとしぞう》、沖田総司らと共に倒幕を画策する長州や薩摩《さつま》など西南雄藩の者たちと激闘を繰り広げました。

そして近藤らは、同じ新選組の芹沢鴨《せりざわかも》一派との対立を経て、京の池田屋で長州藩の過激派らを襲撃し、世を震撼《しんかん》させます。だが、新選組を擁する江戸幕府は、その命運が尽き果てようとしていました——。

一介の剣術家だった近藤は、京で権威を手に入れ、一時の至福をつかむも、鳥羽《とば》・伏見《ふしみ》の戦いから一転、敗残の道を歩むようになります。そんな近藤の激動の生涯を、池波正太郎は、人間の弱さ、脆《もろ》さを包み込む温かい視線で捉《とら》えています。個人の力ではいかんともしがたい歴史の奔流と、その運命のなかで精一杯に生きた者、一人ひとりを尊重しているようです。単に人生を、勝ち負けだけでは評価しない、人間の本質を見極めようとする池波正太郎の思いがうかがえます。

幕末・維新を生き延びた永倉新八の物語
『幕末新選組』（文春文庫）

近藤勇など戦いに殉じた人々がいる一方で、激動の幕末・維新を生き抜いた者たちもいます。本書の主人公・永倉新八もその一人でした。

近藤勇が道場主を務める江戸の試衛館で、土方歳三、沖田総司、藤堂《とうどう》平助、原田佐之助らと出会う神道《しんとう》無念流の剣士・永倉新八。

彼は、近藤たちと共に将軍警固の浪士隊に参加し、上洛《じょうらく》。その後、水戸藩を脱藩した芹沢鴨らと合流し新選組を結成します。だが、一度は生死を共にすることを誓い合った仲間の芹沢を、近藤たちが暗殺したことで、新八のなかに戸惑いが生まれます。新選組は当初の目的から変わってしまったのではないか。その思いを胸に秘めながら、池田屋襲撃、禁門の変、鳥羽・伏見の戦いを生き抜いた新八は、ついには近藤たちと決別しました。

幕府の壮絶な最期と、明治維新を目《ま》の当たりにし、のちに貴重な史料「新撰組顚末記《しんせんぐみてんまつき》」をまとめた新選組隊士・永倉新八の軌跡を追った一作です。

なぜ伊庭《いば》八郎は青春を幕末に散らしたか

『幕末遊撃隊』（新潮文庫）

幕末の騒擾《そうじょう》とはいかなるものだったのか。その実態を解き明かした作品に美剣士・伊庭八郎の壮絶な青春を描いた『幕末遊撃隊』があります。

心形刀流・伊庭道場の跡継ぎで美男の伊庭八郎は、江戸の将軍家に仕えた幕臣です。天皇の権威の絶対化と、幕府の開国の動きに反発する尊皇攘夷派による騒乱が広がる中、八郎は幕府の遊撃隊に編入され鳥羽・伏見の戦いに参加。その後、官軍との箱根での戦闘で深手を負います。満身創痍《そうい》ながらも八郎は榎本武揚《えのもとたけあき》のいる箱館《はこだて》に向かい、壮絶な最期を遂げます。

二十代の若者の伊庭八郎が、傷つきながらも官軍と戦い続けることについて、仲間から疑問を投げかけられる場面があります。そのときの返答が次の言葉。

「負けることは、わかっていますが……だが、いいのですよ。徳川が豊臣をほろぼして天下をつかみとったときもそうなんだが……つまり、時世のうつりかわりの境目というやつは大切なものなんでねえ……こういうときに、いろいろな人間が、どのような善と悪と、白と黒とを相ふくんで生きてきたか、こいつだけは、はっきりさせておきたいのですよ」

八郎のこの言葉は、幕末の争闘に身を投じた多くの人々の思いを代弁したものに他なりません。また、文中にある関ヶ原、大坂の陣も含めた、この国に紡《つむ》がれている日本人の心性・志に迫ったものとも受けとめることができるでしょう。

一人の理想家の波乱万丈の生涯を追う
『西郷隆盛』（角川文庫）

明治維新のキーマンの一人は、何と言っても西郷隆盛です。

薩摩藩の下級藩士の家に生まれた西郷隆盛は、藩主・島津斉彬《なりあきら》にとりたてられ藩政に強い影響力を及ぼします。幕府の将軍継嗣問題が生じた際には、一橋慶喜《よしのぶ》を推したため、幕府の弾圧により奄美《あまみ》大島に配流《はいる》。やがて復帰し尊攘派として活動するものの、島津久光の勘気に触れ再び追放されてしまいます。その後、禁門の変、第一次長州征伐では幕府側に、それ以降は討幕派として薩長同盟、王政復古、戊辰《ぼしん》戦争で指導的役割を果たしました。

明治政府が成立してからは、参議を務め、廃藩置県を成し遂げましたが、その後、朝鮮をめぐる問題（征韓論）から政府を離れ、鹿児島に隠棲《いんせい》します。しかし鹿児島の私学校を中心にした士族たちに担《かつ》がれて、西南戦争を起こし、この戦いに敗れ城山で自刃《じじん》するのです――。

池波正太郎曰《いわ》く、「西郷は真の政治家でありながら、世に横行する政治家ではない。西郷は詩人の魂をもった理想家であり教育家であった。芸術家になっても、すばらしい業績をのこしていたろう。そしてさらに、西郷は軍人でもなかったのである」と。
士族らの暴走による西南戦争の責任をとる西郷の人柄、政治的リーダーシップは、残念ながら現代ではほとんど見かけられなくなったものかもしれません。本作は、権力の確立に血眼になる明治政府の要人と、人間への信頼を貫こうとする西郷の違いを明確に著し、権力志向へとすすむ近現代の政治の流れをより鮮明に映し出しています。そこには池波文学独特のリアリティがあり、かつ深い情味が醸《かも》し出されてもいます。

池波が愛した幕末・明治のヒーロー、桐野利秋《きりのとしあき》
『人斬り半次郎』 幕末編・賊将編 **（新潮文庫）**

明治政府の陸軍少将・桐野利秋（中村半次郎）の発見は、池波正太郎が幕末をテーマにした作品を描くにあたって、非常に有益であったに違いありません。もともとは、

新国劇の脚本の題材となり、次いで短編小説「賊将」と発展、その後、長編『人斬り半次郎』幕末編、賊将編へと結実します。

薩摩の身分の低い武士の家に生まれた中村半次郎は、周囲の嘲《あざけ》りにも負けず剣術の鍛錬を重ね、やがて西郷隆盛と出会い、彼の側近として京都に向かいます。京では、その剣の腕前から「人斬り半次郎」と呼ばれ、新選組の土方歳三にも一目置かれる存在となるまでに。役目に加え女性関係も盛んで、とくに知的な尼僧・法秀尼《ほうしゅうに》は、終生半次郎の心の支えとなるのです。

幕府の崩壊後、半次郎は桐野利秋と改名し、明治政府の陸軍少将に任命されます。その後、西郷隆盛が征韓論での敗北により下野すると、ともに帰郷してしばらくは静かな時を過ごしますが、私学校を中心とした士族が西郷を担ぎ出したことで、西南戦争が勃発《ぼっぱつ》。高い軍事力を有する明治政府に敗れ、鹿児島で戦死を遂げます。

人斬りから官吏になるという、現代の社会規範からすれば信じられない半次郎の転身は、ある意味、明治という数奇な時代を体現したものといえるでしょう。

そんな彼の人生を切り開く生来の明るさ、逆境に負けぬ精神のつよさには独特の爽《そう》快感《かいかん》があります。善や悪、白でも黒でもない混沌《こんとん》とした世界で、信念を貫き生きる中村半次郎の姿には、人間の持つ根源的な底力、逞《たくま》しさが投影されているようです。

池波幕末ものの集大成
『その男』一～三（文春文庫）

そして、池波正太郎の幕末小説の集大成と言えるのが、長編『その男』です。伊庭八郎、中村半次郎（のちの桐野利秋）、西郷隆盛らと親しく交流した杉虎之助《とらのすけ》という池波が創作した人物が主人公。

彼は微禄《びろく》ながら旗本の嫡男《ちゃくなん》でありましたが、生来の病弱に加えて義母にうとまれていました。我が身を儚《はかな》んで十三歳のとき大川に身を投げるも、謎《なぞ》の剣士・池本茂兵衛に助けられます。池本茂兵衛の弟子となった虎之助は、風雲急を告げる幕末の世を幕府方の剣士として薩摩の刺客と戦い、ときに女性と恋に落ちます。

そして徳川幕府が瓦解《がかい》し、江戸が東京と改められるとともに、虎之助は剣を捨て、神田今川橋に散髪屋を開業します。平和に暮らしていたある日、偶然にも元薩摩藩士の中村半次郎が店を訪れて――。この運命的な邂逅《かいこう》が、虎之助を鹿児島の地へと誘《いざな》うのでした。

西郷の詩人的な純粋さ、半次郎の明るさと意志のつよさ。激動の幕末を、欲得ではなく志で生きた者たちの相貌《そうぼう》が、虎之助の目を通して浮き彫りになります。そして、歴史物語終盤、作中人物・虎之助と幼少期の作家・池波正太郎が触れ合う展開には、歴史の連続性、円環性が象徴的に描き出されている、と捉えることができるかもしれません。

人間とは、そして人が紡ぐ歴史とは何か、そんな大きな命題と向き合う作家の信念が、驚きや感動と共に読者に伝わる幕末巨編です。

コラム

池波正太郎の「食」

重金敦之

その昔、池波正太郎さんに「小説の中に食べ物の情景を描くのにはなにか理由があるのですか」と尋ねたことがある。すぐに「物語に季節感を出すためさ」と答えが返ってきた。池波さんの小説やエッセイに出てくる食べ物はすべてがおいしそうだ。いや、事実おいしい。自分で作ってみればわかる。決して贅《ぜい》を尽くした絢爛《けんらん》豪華な食事ではなく、どちらかというと質素でごくありふれた料理にすぎない。

池波さんが小説の世界に入る前は「新国劇の座付き作家」といわれるほどに、芝居の脚本を多く書いていた。幕が開けば、大道具の背景の書き割りで季節がたちどころにわかるのが普通の芝居だ。萌《も》えるような新緑の山野に秋の紅葉、冬になれば雪景色といった具合に、季節が可視化される。また登場人物の服装からも、暖かい陽射《ひざ》しか冷たい風かがわかる。

文章で景色や衣装を描写しても構わないのだが、それだけでは凡庸で平面的になる。

大の映画ファンとして知られる池波さんの文章の特徴は、読んでいて場面がビジュアル化されて、頭の中に浮かんでくる臨場感にある。登場人物が口にする食べ物で、読者を物語と同じ時空に誘《いざな》っているのだ。現代では、食べ物から季節を感じることが少なくなった。野菜はハウス栽培が盛んになり、魚介は養殖技術が格段に進歩した。さらに流通網の整備、拡大で世界中から我が国に食品が輸入される。地球の裏側から運ばれた作物は夏と冬の季節が逆転している。

江戸時代でも初物や走りは珍重されたが、ごく限られた人たちの話だ。春の田芹《たぜり》や独活《うど》に筍《たけのこ》と木の芽、夏場の茄子《なす》や瓜《うり》、秋になれば茸《きのこ》に栗《くり》や柿《かき》、寒くなれば大根や蓮根《れんこん》などそれぞれが季節と密接に重なり合っている。魚介にしても、春の鰹《かつお》に蛤《はまぐり》や青柳《あおやぎ》などの貝類、夏の泥鰌《どじょう》に鮎《あゆ》や鯉《こい》の洗いもある。秋は鯊《はぜ》に鯔《ぼら》、落ち鮎。冬になれば鰤《ぶり》や牡《か》蠣《き》などが出てくる。

しかし池波さんの小説を読み込んでいくと、食べ物には季節感のみならず、時代の背景や登場人物の性格、暮らしぶりを通して内に秘められた心理の綾《あや》が色濃く投影されていることがわかる。口にする料理を通して人柄に深い奥行きとリアリティが生まれ、物語の重層感が増している。

例を挙げるなら、地方の小藩の重役の食事は簡素質実なものだった。それを自分の家で打つ蕎麦《そば》で表現している。汁は辛み大根に醤油《しょうゆ》を垂らしただけだ。初期の直木賞候補作『真田《さなだ》騒動―恩田木工《もく》』（新潮文庫）にある。

「仕掛人」なる流行語を生んだ『仕掛人・藤枝梅安《ふじえだばいあん》』シリーズには、こんな情景がある。依頼された「殺し」を首尾よく成し遂げた後に、梅安と彦次郎《ひこじろう》は一尾の鰹を料理する。まずは刺身にしてから、肩の身を掻《か》き取って細かくした「鰹飯」で締める。

〈「それはいいなあ。よく湯がいて、よく冷まして、布巾《ふきん》に包んで、ていねいに揉《も》みほぐさなくてはいけない」

「わかっているとも」

「薬味は葱《ねぎ》だ」

「飯へかける汁《つゆ》は濃目《こいめ》がいいね」

「ことに仕掛けがすんだ後には、ね。ふ、ふふ……」〉（『梅安最合傘《もやいがさ》』「梅安鰹飯」講談社文庫）

世の中から消えていなくなったほうがいい極悪人であっても、金で一人の命を殺《あや》めた直後の食事だ。達成感から生じる名状しがたい虚無感がしみじみと伝わってくる。

混乱の戦国時代を描き切った大長編小説『真田太平記』（新潮文庫）に登場する草の者（忍び）のお江《こう》が、戦闘時の合間に傷を負いながら口にする干飯《ほしい》でさえも、お江と一緒になって空腹を満たし、戦う意欲が湧《わ》いてくるような一体感を共有できる。

老剣客の秋山小兵衛《こへえ》と幼な妻おはる、息子大治郎一家の三世代を描いたファミリー小説『剣客商売』（新潮文庫）シリーズに「白い鬼」という一篇がある。

女性だけを狙《ねら》い変質的な凶行を繰り返す上州出身の金子伊太郎《いたろう》は、芝神明宮の門前にある「上州屋吉兵衛《きちべえ》」で、小さいころ母親が打ってくれた黒く太い蕎麦とそっくりの蕎麦に出会った。汁は生姜《しょうが》を絞り込んだだけで、他の薬味は一切用いない。小兵衛も味を知っているが、汁には味噌《みそ》が隠されているとにらみ、「妙に、うまい」という。

母親には憎しみしかない伊太郎だが、この蕎麦の味が忘れられなくなった。伊太郎が必ずこの店に現れるに違いないと勘を働かせた小兵衛は、手の者に辛抱強く張り込みを続けさせた。案の定、蕎麦を食べに来た伊太郎をしとめる。その炯眼《けいがん》に恐れ入った大治郎に「人間はな、幼いときに口にしたものの味は、生涯忘れぬものよ」と、小兵衛は諭す。

同シリーズ長篇の「暗殺者」では、江戸の香具師《やし》の元締《もとじめ》、萱野《かやの》亀右衛門《かめえもん》が浪人波川周蔵を目黒不動門前の料理屋でもてなしている。練馬《ねりま》から取り寄せた大根と猪《いのしし》だけの鍋《なべ》だ。

〈土鍋をかけて昆布《こぶ》を敷き、湯をそそぎ、煮え立ってくると昆布を引きあげ、猪の脂《あぶら》身《み》の細切りを亀右衛門が鍋の中へ入れた。（中略）

大皿にたっぷりと盛られた輪切りの大根を、菜箸《さいばし》で土鍋の中へしずかに入れはじめる。

飴色《あめいろ》の土鍋も見事だったが、大根もみずみずしく、いかにも旨《うま》そうだ。

大根のみで、他には何もない。（中略）

煮えた大根を小皿に取ると、猪の脂がとろりと絡《から》んでいて、これへ醬油を少したらしこみ、ふうふういいながら食べるのだそうな。〉（『剣客商売⑭　暗殺者』新潮文庫）

どうです。食べたくなるでしょう。これは拙宅で試みたことがある。薄切りもいいが私は千六本のほうが好みだ。最初に大根を軽く湯に通しておくと、大根特有の匂《にお》いが消えて良い。猪が手に入らなければ、豚のバラ肉でもいいし、合鴨《あいがも》や牡蠣でもいける。これはと思われるくらいの量の大根が食べられるから不思議だ。

池波流の鍋の極意の一つは、入れる具材の数を少なくすることにある。小鍋立てもよく出てくるが青柳の貝柱と三つ葉とか、鴨と芹、蛤には葱、豆腐の三種、といったって素材の種類は少ない。だから寄せ鍋の類《たぐい》は池波さんの好みではなかった。鶏《とり》と魚介類がお互いに喧嘩《けんか》して味を相殺しあうからだ。

私の行きつけの店では、松茸《まつたけ》の土瓶蒸しを頼むと鶏、海老《えび》を抜いてくれる。松茸と鱧《はも》に銀杏《ぎんなん》と三つ葉だけだ。池波さんから学んだ、「食の知恵」の一つだ。

熱烈な池波さんのファンだった作家の常盤《ときわ》新平さんは、知人の病気見舞いに池波さんの文庫を持っていくと、池波さんに明かしたことがある。

「どんな病人でも、池波さんの文章を読むと、ああ、おいしそうだなと思いますよ。必ず治して、これを食べてやろうと、いう気になる。困っているとき、悩んでいるとき、池波さんの小説はこころを慰めてくれる。それで生きる元気が出てくる」

決して恵まれた幼少時代を過ごしたわけではない池波さんだが、「ひもじい思いをしたことは一度もなかった。浅蜊《あさり》と大根の味噌汁をさっと掛けたご飯なんか、小さい頃にしょっちゅう食べていたものです」といって次のように応じている。

「人間は、貧乏でも、衣食住が順調に満たされたら、文句ないですよ。人間というのは、一杯の味噌汁のうまさで、幸福になれるようにできているんです」

食べることは生きるために最も大切なことだが、今の世の中は、少し「食べる」ことをぞんざいに扱いすぎているし、遊びの要素を入れすぎてはいまいか。そのうち天罰を受けるかもしれない。

小説に季節感を出そうとして、食べ物の話を取り入れた池波さんだが、晩年は、いささか煩《わずら》わしくなっていたような気がする。

「この料理はどこで食べられるのか、とか、作り方を教えてほしい、といったことばかり尋ねられる」

といって不機嫌になることもあった。その気持ちもよくわかるのだが、もし池波さんの小説やエッセイから食べ物が消えてしまったら、それはそれで寂しくなってしまうのも事実なのだ。

しげかね・あつゆき
一九三九年東京生まれ。文芸ジャーナリスト。「週刊朝日」編集部在籍中に、池波正太郎の「食卓の情景」「食卓のつぶやき」「真田太平記」などを担当した。『池波正太郎劇場』（新潮新書）、『小説仕事人　池波正太郎』（朝日新聞出版）など著書多数。

人生に効く！
池波正太郎の名言
白鶴

長谷川《はせがわ》平蔵、秋山小兵衛《こへえ》、藤枝梅安《ふじえだばいあん》……池波作品に登場する、人生の酸《す》いも甘いも嚙《か》み分けた人物のセリフは、名言の宝庫だ。そこに反映されているのは、人生の達人たる池波正太郎自身の哲学でもある。仕事に、家庭に、恋愛に。人生に効く池波の小説やエッセイに登場する名言を紹介しよう。

□『鬼平犯科帳』の名言

『鬼平犯科帳』の魅力は火付《ひつけ》盗賊 改《あらためかた》方長官・長谷川平蔵の悪を許さぬ不屈の意志と、人情味あふれる人間性にほかならない。平蔵が人の心の裏も表も知り尽くし、人情の機微に精通しているのは、若き日の経験にある。継母に疎《うと》まれ家を飛び出し、酒と女に溺《おぼ》れ、博奕《ばくち》と喧嘩《けんか》に明け暮れた。父母にも世間にも見捨てられ、帰る家もなく行くべき道も見えない日々。自暴自棄になり、地獄を垣間見《かいまみ》た。この世の地獄を知るからこそ、鬼にも仏にもなれるのだ。

鬼平犯科帳の名言

悪を知らぬものが悪を取りしまれるか

「蛇の眼《め》」『鬼平犯科帳（二）』

平蔵は極悪非道な悪党には地獄の閻魔《えんま》より恐ろしい。「煮ても焼いても食えぬやつ」と判断したら、容赦なく切り捨てる。その荒々しい処置を「かつて悪事を働いていたものが、賊を裁くのはいかがなものか」と非難されたとき、平蔵は呵々《かか》大笑した。「むかしのおれがことをいいたてるというのか……あは、はは……ばかも休み休みいえ。悪を知らぬものが悪を取りしまれるか」

一の悪のために十の善が滅びるのを見逃せない。いざとなれば、腹を切る覚悟で立ち向かう。それが、平蔵の仕事に対する信条なのである。

鬼平犯科帳の名言

おれはな、失敗《しくじり》の二ノ舞は大《でえ》きれえだぞ

「鈍牛《のろうし》」『鬼平犯科帳（五）』

仲間を大切にする平蔵だが、ときには、部下を厳しく窘《たしな》めることもある。同心の田中貞四郎が放火犯として亀吉《かめきち》を捕らえた。平蔵は亀吉が犯人ではないと看破する。手柄を焦《あせ》る貞四郎のために、密偵の源助が亀吉に虚偽の自白をさせたのだ。細心の取り調べを怠った貞四郎は、身分と役目を召し上げられ、江戸追放となる。

平蔵は部下を前に、「この御役目はな、善と悪との境目にあるのだ。それでなくてはつとまらぬのだ。だからといって、田中貞四郎の二ノ舞をだれかがやったら、おれが腹を切る!!」と言い捨てる。とどめに、もうひと言。「おれはな、失敗の二ノ舞は大きれえだぞ」。部下たちは身を引き締めて、御役目に邁進《まいしん》する。

鬼平犯科帳の名言

気にいたすな、お前ほどの者に落度はない

「蛇苺《へびいちご》」『鬼平犯科帳（十八）』

部下を叱《しか》るばかりではない。密偵の仁《に》三郎《さぶろう》が尾行に失敗したとき、気にするなと労《いたわ》り、「お前ほどの者に落度はない」と励ます。仁三郎は感激し、平蔵の期待に応《こた》えるため、奮い立つ。人はときに間違いもすれば失敗もする。平蔵はそこをよくわきまえている。失敗を責め立てるのではなく、むしろ信頼していると伝えることで、部下のやる気を引き出したのだ。部下を統率するためには、厳しく叱りつけるだけでなく、細やかな配慮をみせる。平蔵は、そのさじ加減が絶妙だ。

鬼平犯科帳の名言

人間というやつ、遊びながらはたらく生きものさ。善事をおこないつつ、知らぬうちに悪事をやってのける。悪事をはたらきつつ、知らず識《し》らず善事をたのしむ

「谷中・いろは茶屋」『鬼平犯科帳（二）』

人はその身に善と悪の両方を抱えている。はじめから善い人間と悪い人間があるわけではない。平蔵は人間性の矛盾を熟知している。同心の木村忠吾《ちゅうご》はお調子者で女好き。いろは茶屋の遊女お松に入れあげ、亡父の残し金も使い果たす。ひょんなことで、お松のなじみ客〝川越の旦那《だんな》〟に、いろは茶屋での遊びの金を出してもらう。しかし、気のいい旦那の正体は兇賊《きょうぞく》〝墓火《はかび》の秀五郎〟だった。忠吾の一報で秀五郎は捕縛される。思いがけず手柄をあげた忠吾だが、後ろめたくて喜べない。平蔵は「人は遊びながらはたらくもの」と笑って、忠吾に褒美《ほうび》を与える。人の中に潜む善悪は、どちらに

転ぶかわからない。平蔵なればこその人間観である。

鬼平犯科帳の名言

何事も小から大へひろがる。小を見捨てて大が成ろうか

「殿さま栄五郎」『鬼平犯科帳（十四）』

人というものは、はじめから悪の道を知っているわけではない。何かの拍子で小さな悪事を起こし、だんだんに大きな悪の道へと踏み込んで行く——。平蔵は悪党たちが〝悪の道〟へ入り込まざるを得なかった境遇を思い遣《や》る。そして、無宿人や刑期を終えた浮浪人を収容し、更生の道を与える〝人足寄場〟の設置を建言する。江戸には諸国から無宿人が集まってくる。この窮民らが無頼の徒と化し、盗賊に転落する事例が後を絶たないからだ。ところが、幕閣は「そのような小細工を……」と退ける。

「浮浪の徒と口をきいたこともなく、酒をのみ合うたこともない上《うえ》ツ方《がた》に何がわかろうものか。何事も小から大へひろがる。小を見捨てて大が成ろうか」

平蔵は粘り強く建言を続け、ついに許可を得る。悪党の捕縛だけが勤めではない。悪の芽が出る前に刈り取り、別の善い芽を育《はぐく》むことこそ大事。

鬼平犯科帳の名言

……人なみって、人ではねえか。お前もおれも、このおやじも

「兇賊《きょうぞく》」『鬼平犯科帳（五）』

平蔵は武家社会の枠組みをものともしない。だれに対しても情理を尽くし、とくに社会の底辺で懸命に生きる人々に、このうえなくやさしい。盗賊〝鷺原《さぎはら》の九平《くへい》〟が営む「芋酒・加賀や」に品のよい浪人が現れる。くだけた口調で酒をのみ、同席した夜《よ》鷹《たか》にも情ある心配りをする。夜鷹が感激すると、「おれもお前も同じ」とこともなげに言う。九平はすっかり浪人に心酔する。まさか、鬼の平蔵とは思いもよらず……。やがて九平は身を捨てる覚悟で、平蔵の窮地を救うはたらきをする。平蔵の温情が非

情に生きる盗賊の心の凝りをとかすこともあるのだ。

鬼平犯科帳の名言

女は、男しだいにござります

「むかしの男」『鬼平犯科帳（三）』

平蔵の妻、久栄《ひさえ》は万事にそつのない良妻賢母だ。しかし、平蔵に嫁ぐ前、近藤勘四郎という男に弄《もてあそ》ばれて捨てられた過去がある。結婚初夜、「こんな女でいいのか」と問いかける久栄に、平蔵は自分も極道者だと返した。この日以来、二十余年。平蔵は、ただの一度も久栄の過去に触れたことはない。

身を持ち崩した勘四郎が久栄の前に現れる。「最初の男は忘れられないはず」と嘯《うそぶ》く〝むかしの男〟を、久栄はぴしゃりと撥《は》ね付ける。平蔵に比べれば、むかしの男など塵芥《ちりあくた》。「けがらわしいばかり」と言ってのける。勘四郎の悪だくみを見事に阻止し、江戸を離れている平蔵に代わって家族を守る。平蔵あればこそ、いまの久栄がある。

女は男しだいなのである。最初だろうが何度目だろうが、心から信頼できる男が、女にとって一番に決まっている。

□『剣客商売』の名言

『剣客商売』は家族の物語である。人生五十年の時代、秋山小兵衛は五十七歳で隠棲《いんせい》。六十歳で四十歳下のおはると夫婦になる。剣の道を極めながら、あっさりと身を引き、悠々自適な立場でさまざまな出来事に首を突っ込む。一子、大治郎《だいじろう》は剣一筋の朴念仁。父を敬い師と仰いでいる。江戸時代半ばを過ぎ、いわゆる田沼時代と呼ばれた頃。剣客を商売とする、秋山父子《おやこ》とそれを取り巻く人々の、めぐる季節が描かれている。

剣客商売の名言

ものごとは、すべて段取りというものが大切じゃ

「東海道・見付宿《みつけじゅく》」『剣客商売③　陽炎《かげろう》の男』

小兵衛の息子・大治郎は世故に長《た》けた父親とは正反対で、剣のこと以外は何も知らない、若き剣客である。この謹厳実直の息子に、小兵衛は人の世のありようを教える。言葉で教えるのではない。小兵衛の行動や考え方が教科書なのである。ともに世上の事件を追ううちに、大治郎は物事の道理をわきまえていく。

大治郎のもとに、浜松で道場を開いている剣友・浅田忠蔵から助けを求める手紙が届く。弟が殺され、病に倒れた忠蔵は監禁されているらしい。浜松に急行した大治郎は、忠蔵を救出するため策を練る。「ものごとは、すべて段取りというものが大切じゃ」という、小兵衛の言葉を何度も胸に反芻《はんすう》しながら、「父ならどう判断するか」を考え、どう行動するかを決めていく。大治郎は事件をみごとに解決し、小兵衛は「お前も、どうやら、大人になったようじゃな」と実に満足げだ。こうして大治郎は徐々に人間的な幅を広げていく。

剣客商売の名言

政事《まつりごと》は、汚れの中に真実《まこと》を見出《みいだ》すものさ

「女武芸者」『剣客商売① 剣客商売』

ときの老中、田沼意次《おきつぐ》には隠し子がいた。妾腹《しょうふく》の娘ゆえ、ともに暮らすこと叶《かな》わず、だからこそ「いちばん可愛《かわい》い」と思っている。その娘、佐々木三冬《みふゆ》は剣術が〝いのち〟という、男装の麗人である。老中と縁を結びたい武家は多く、三冬にも縁談が持ち込まれる。しかし、三冬は「自分より強い男にしか嫁がない」と言って譲らない。ある日、三冬が暴漢に襲われ、危ういところを小兵衛に助けられる。十九歳の三冬が初めて恋心を抱いたのは、何と小兵衛であった。

「父が、もっと別のお人でしたら……」と三冬は小兵衛に胸の内を明かす。父を敵視し、その政治を汚《けが》らわしいと思っているのだ。人の世はきれい事では治まらない――。政治というものは、汚いものの中から真実を見つけ出し、貫いていくもの。その難しさを心得ている小兵衛は、三冬の心を解きほぐし、少しずつ諭していく。のちに意次が命を狙《ねら》われたとき、小兵衛とともに三冬は父を守りぬく。

剣客商売の名言

真偽は紙一重。嘘《うそ》の皮をかぶって真《まこと》をつらぬけば、それでよいことよ

「嘘の皮」『剣客商売③　陽炎の男』

ある初夏の白昼、小兵衛は暴漢に襲われている若者を助ける。若者の名は村松伊織《いおり》。その養父・左馬之助は、かつて小兵衛の道場の門人であった。伊織は香具師《やし》の元締《もとじめ》・鎌屋辰蔵《たつぞう》の一人娘とわりない仲となり、命を狙われていたのだ。

辰蔵は香具師の面目をかけて伊織を殺そうとする。伊織は武士を捨て、娘と夫婦になる覚悟を決める。しかし、村松家は将軍の側《そば》近くに仕える幕臣の家柄。香具師の娘とは住む世界が違いすぎる。そこで小兵衛は、硬軟自在に〝嘘〟を操り、ことを丸く収めてしまう。それは、剣一筋の大治郎には思いも寄らない〝手練手管〟であった。

「嘘をついたのか」と問い質《ただ》す大治郎に、小兵衛は「真偽は紙一重」と平気な顔。仏教由来のことわざに「嘘も方便」がある。小兵衛のやりようは、まさに「嘘をつかねば仏になれぬ」なのであった。

剣客商売の名言

剣をもって、人を助くることができるなら、木太刀《きだち》の試合ひとつに負けたとて何のことやあろう

「勝負」『剣客商売⑪ 勝負』

大治郎は田沼意次の命により、一刀流の剣士・谷鎌之助《かまのすけ》と試合をすることになる。鎌之助が勝てば、大名家への仕官がかなう。その話を聞いた小兵衛は、即座に「負けてやれ」と言った。呆《あき》れる大治郎に三冬までも「人助けでしょう」と負けることを勧める。さらには、鎌之助の舅《しゅうと》からも涙ながらに頼み込まれる。

試合前に思い悩み、心乱れた大治郎は、本当に試合に負けてしまう。気力の充実を

欠いていたのだ。「私の不覚だ」。大いに反省する大治郎だが、小兵衛は「この江戸で、お前に勝てる若い剣客は一人もおらぬわえ」と気にもとめない。そして、剣客として生きる大治郎に、「剣をもって、人を助くる」ことの意味を説く。そこには、剣は人を斃《たお》すだけでなく、生かすこともできるという、小兵衛の哲学があった。

剣客商売の名言

真の剣術というものはな、他人《ひと》を生かし、自分《おのれ》を生かすようにせねばならぬ

「狂乱」『剣客商売⑧　狂乱』

「強いのう」。小兵衛が目を見張るほど、その剣士は、とにかく強かった。体の動きは、密林の中を疾走する獣のように速く、剽悍《ひょうかん》で、しかも柔軟をきわめている。激烈な剣法には実戦の気迫がこもっていた。小兵衛が「真剣を把《と》って闘うときは、大治郎とて勝を取るにはむずかしかろう……」とさえ、思うほどだ。だがその剣士、石山甚《じん》

市《いち》は人として毀《こわ》れていた。
石山は旗本の家人だが、身分は低い。魁偉《かいい》な容貌《ようぼう》から人に疎まれ、踏みにじられ、孤独に追いやられた。剣が強すぎるため傲岸不遜《ごうがんふそん》となり、さらに人を遠ざけた。激しい孤独が石山を蝕《むしば》んだ。小兵衛は石山の心情を思いやり、救いの手を差し伸べる。「わしといっしょに稽古《けいこ》をすると、おぬし、生き返るぞよ」。小兵衛のぬくもりは、石山に亡《な》き恩師の言葉を思い出させた。「おのれの強さは他人に見せるものではない。おのれに見せるものよ」。しかし、小兵衛の思いは届かなかった。心を開きかけた石山を悲劇が襲う。人を生かせぬ剣は、自らも滅ぼすのである。

剣客商売の名言

わしはな、大治郎。鏡のようなものじゃよ

「老虎《ろうこ》」『剣客商売②　辻斬《つじぎ》り』

いつであったか、小兵衛が大治郎に言った。「わしはな、大治郎。鏡のようなものじゃよ。相手の映りぐあいによって、どのようにも変る。黒い奴《やつ》には黒、白いのには白。相手しだいのことだ」。小兵衛は他人の考え方や行動にとらわれることなく、自由気ままな心を持つ、〝融通無碍《むげ》〟の人である。人は善い顔もすれば、悪い顔もする。環境や条件によって様変わりする。小兵衛は人の脆《もろ》さを見極めているからこそ、状況に合わせて、さまざまな視点から臨機応変に対応できるのだ。小兵衛の前に立つと、見透かされたような心持ちになるのは、小兵衛という〝鏡に映った〟おのれを見るからだろう。

堅物で朴念仁の息子・大治郎に小兵衛は「別の顔を、もっと、いくつも持つようになれ」と助言する。「わしなぞ、十も二十も違う顔をもっているぞ。うふ、ふふ……」と笑ってみせる。こんなとき、大治郎は父の懐《ふところ》の深さに、端倪《たんげい》すべからざるものを感じたのである。

□『仕掛人・藤枝梅安』の名言

藤枝梅安は、金で殺しを請け負う「仕掛人」である。表の顔である鍼《はり》医者として人の命を救い、裏の顔である仕掛人として人を殺す。世の中にはびこる悪に対して強い憤《いきどお》りを持ち、死ぬべきだと考えた相手なら、依頼なしで仕掛けることもたびたびある。仕掛けて殺すのは悪人だが、人殺しである梅安もまた、悪人である。

藤枝梅安の名言

自分《おのれ》の所業の矛盾は、理屈では解決できぬものだ。
世の中の矛盾も同様である

「春雪仕掛針」『梅安蟻地獄《ありじごく》 仕掛人・藤枝梅安(二)』

梅安は貧しい患者から治療代を受け取らない。そのため、「仏の梅安」とか「台町《だいまち》のお助け先生」などと呼ばれている。人を殺《あや》める仕掛人が、その礼金で人を助けて「仏」と呼ばれる。善と悪、表と裏は紙一重だ。

世の中の仕組みは、すべて矛盾から成り立っている。「これを、むりにも理屈で解決しようとすれば、かならず、矛盾が勝ってしまう」のである。梅安はあらゆる矛盾を受け入れ、もがきながら闇《やみ》に生きる。

藤枝梅安の名言

仕掛人は、一寸先が闇だ

「殺気の闇」『梅安影法師　仕掛人・藤枝梅安（六）』

「私も、もう長いことはないような気がするよ」。ときおり、梅安はこう言う。相棒の彦次郎は「おれもさ」と応える。梅安は仕掛人の中でも凄腕《すごうで》だ。仕掛の依頼は後を絶たない。しかし、梅安は人殺しに倦《う》んでいる。本心は、表の顔である鍼医者に専念したいのだが、悪党の存在がそれを許さない。いったん踏み入れた「仕掛人」の世界から、容易に抜け出すことはできない。いつ、返り討ちに遭うかもわからない。「仕掛人は、一寸先が闇」なのである。梅安は大坂の香具師・白子屋菊右衛門《しろこやきくえもん》と対立し、これを仕留めた。白子屋の子分たちが、次々と刺客を差し向けてくる。梅安と彦次郎は「いつ死んでもいい」と、自らの運命を覚悟する。

□『真田《さなだ》太平記』の名言

戦国時代の英雄・真田幸村《ゆきむら》と、その父で智謀《ちぼう》に長けた昌幸《まさゆき》、そして、賢明なる兄、信之《のぶゆき》（初名は信幸）。やがて敵味方に分かれて戦うことになる父子それぞれに、自らの人生観をあらわす名言がある。

真田昌幸の名言

小心でなくては、大胆にもなれぬものだ

『真田太平記（三）』

織田・徳川の連合軍によって、武田軍団は滅ぼされる。武田家の宿将・真田昌幸は巨大勢力の狭間《はざま》で生き残りをはかる。織田信長、豊臣秀吉に仕えながら、謀略を駆使し、信州上田・上州沼田領を守り抜く。そのやりようを次男の幸村に「小心と大胆とが腹合わせになっている」と評され、昌幸は「小心でなくては、大胆にもなれぬ」と返す。昌幸は小心者を自覚し、だからこそ、知略を巡らす。念入りな準備と謀《はかりごと》で不安要素を除き、大胆な行動に打って出るのだ。

真田信之の名言

明日は、おれも死ぬる。みなも死ぬことじゃ

『真田太平記（三）』

昌幸の長男、信之は思慮深く、常に冷静沈着である。昌幸からは「可愛げのないやつ」と煙たがられるが、信之は誰よりも真田家の未来を考え、深く熱い思いを胸中に抱いている。徳川家康が仕掛けた「上田攻め」の先手となり、討死を覚悟する。決戦前夜、「ともに死のう」と家臣に語りかける。漲《みなぎ》る闘志を表に出さず、静かに微笑を浮かべる信之に、家臣たちは命を預ける。

真田幸村の名言

生きてあれば、いずれ近き日に、おもしろきこともありましょう

『真田太平記（七）』

関ヶ原の決戦で西軍についた昌幸と次男・幸村は、敗将となる。家康は「真田父子に、腹を切らせよ」と厳命する。しかし、家康に与《くみ》した信之と、その岳父・本多忠勝の必死の助命嘆願により、紀州高野山への配流《はいる》となる。知らせを受けた昌幸は「命を助けてくれるのか」と苦笑いするが、幸村は「生きてあれば、おもしろきこともある」と言ったものだ。関ヶ原の戦役をもって、徳川の天下がすぐさま訪れるとは思えない。まだ、一戦も二戦もある。そのときこそ、〝真田の真価〟を見せてやるという思いだった。幸村の闘志に、昌幸も大きくうなずいた。謹慎生活から十余年後、幸村は大坂の陣で暴れ回ることとなる。

□その他小説の名言

伊庭《いば》八郎の名言

人間というやつはなあ……つまるところ、食う、飲む、眠る……そして可愛い女の肌身を抱くという……そいつが生《い》き甲斐《がい》よなあ、それが、いまわかった

『幕末遊撃隊』

伊庭八郎は十六歳で自分の短命を悟る。肺を患《わずら》い血を吐いたのだ。その日から、一心不乱に剣の修行に打ち込み、凄腕の剣士に成長する。徳川幕府の終焉《しゅうえん》を確信しながらも、幕臣として動乱の矢面に立つ覚悟を決める。遊撃隊の一員として京へ上り、鳥《と》羽《ば》伏見《ふしみ》の戦いに敗れる。それでも、徹底抗戦を続け、箱根での闘いで左手を失う。隻《せき》

腕《わん》の身で官軍から追われる八郎を匿《かくま》ったのは、彼を慕う板前の鎌吉だった。「幕臣の矜持《きょうじ》に殉じる」覚悟の八郎は、死を前にして鎌吉に語る。「人間は、つまるところ、食う、飲む、眠る……そして可愛い女の肌身を抱く」ことに尽きると。激動波乱の時代へ正面から挑み、人間のたのしみを味わい尽くして、八郎は花のごとく散った。

雲津の弥平次《やへいじ》の名言

人という生きものはね、良し悪《あ》しは別にしても、どうしたって、むかしのことを背負って生きて行かなくてはならないのですぜ

『闇の狩人《かりうど》』

盗賊の小頭・雲津の弥平次は、渓流近くの山道で気絶している若侍を助ける。崖《がけ》か

ら落ちて頭を打ち、記憶を失っていた。自分が誰かもわからない若侍に、何故《なぜ》か心引かれた弥平次。自分の名前から一文字をとって、谷川弥太郎《たにがわやたろう》という名前を与える。弥太郎は正体不明の侍たちに命を狙われていた。その過去にいったい何があったのか。

弥太郎は鼻筋のすっきりした美男で、少年のような素直さと清らかさがある。淋《さび》しげで頼りない風情《ふぜい》は、闇に生きる男たちに「何とか助けてやりたい」と思わせる。弥太郎は、懸命に過去を思い出そうとするが、解きほぐされる過去の断片は暗いことばかり。いまさら思い出しても、いいことなど一つもないのでは……。弥太郎は打ち寄せてくる不安を口にする。弥平次は「人は過去を背負って生きるもの」と諭し、元盗賊の政七は「みんなで面倒くさいことを一つ一つ片づけていこう」と励ます。人は過去から逃れられない。たとえすべてを忘れても、過去を消し去ることはできないのだ。弥太郎は過去と向き合い、自分の人生を切り拓《ひら》いていく。

永倉新八の名言

日本人を見損なっちゃいけねえな、藤堂《とうどう》さん――

『幕末新選組』

松前藩江戸屋敷に育った永倉新八は江戸っ子気質の快男児。近藤勇と運命的な出会いをし、試衛館の食客になった。折しも幕末、近藤らと京に上った新八は新選組に身を投じる。騒乱の京池田屋事件を契機に、新選組の評判は高くなっていく。新八は幹部の一人としてがむしゃらに働くが、幕府は凋落《ちょうらく》の一途を辿《たど》る。

ある日、親友の藤堂平助が新選組を抜けると告げる。徳川幕府は滅びる、今のうちに薩長《さっちょう》へ乗り換えるべきだと言う。「このままでは、外国人が日本を乗っ取ってしまう」と言い募る平助を、新八は笑っていなす。「徳川にしろ薩長にしろ、互いに喧嘩はしていても、外国に色眼をつかいすぎて、ドジをふむようなまねはしまいよ。徳川にも薩長にも、馬鹿《ばか》もいるかわり、偉い奴《やつ》もいるらしいからねえ」。平助は伊東甲子《かし》太郎《たろう》に従い、新選組を去っていった。

激動の時代に翻弄《ほんろう》され、次々と命を落としていった新選組隊士の中で、新八は最後まで戦い抜き、なお生き残る。維新後は杉村義衛と名を変え、悪びれることなく飄々《ひょうひょう》と生き、七十七歳の天寿を全《まっと》うする。

□エッセイの名言

食べること、旅すること、そして日々の生活そのものを愛した池波正太郎。五十代の円熟期に入るころから、『食卓の情景』『旅は青空』『映画を見ると得をする』など食、旅、映画にまつわる数々の名エッセイを残した。

また『男の作法』では、江戸っ子ならではの粋《いき》なスタイルと豊富な人生経験をもとに、衣食住から恋愛、家庭、死生観にいたるまで、読者に「いかにして生きるべきか」という男の常識を教え、男磨きを指南した。

池波エッセイには、人生に今すぐ役立つ金言が満載なのである。

食と粋についての名言

鮨屋《すしや》へ行ったときはシャリだなんて言わないで
普通に「ゴハン」と言えばいいんですよ

『男の作法』

シャリだの、ムラサキだの、アガリだのと、客が鮨屋の隠語を使うのはみっともない。知ったかぶりや〝通〟ぶるのは粋じゃない。普通に「ゴハン」「醬油《しょうゆ》」と言えばいい。例えば、初めての店に入ったとき、常連の席にいきなり座るのはよろしくない。テーブル席か、一番隅の席に座るのがいい。――心意気とさりげない気遣い、これが池波流の作法（マナー）だ。

店に長居するのも極めて無粋なことだ。鮨屋でもバーでも、席が限られているから、長く居座ったら待っている客にも店にも迷惑になる。店が立て込んできたら、「混んできたから、ちょっと出ようか」と出るのがいい。この気配りが粋と野暮を分けるのである。

着ることにまつわる名言

和服は〔線〕である
洋服は〔量〕である

「着る」『男のリズム』

池波はよく和服を着ていた。江戸に生きた人々を描こうとした場合、その暮らしや心情を計るためにも和服は欠かせない。でも、それだけが理由ではない。池波は和服の〔表情〕をこよなく愛していたからだ。和服には〔線〕で表現された美しさがある。それは、日本人にとってもっとも似つかわしい〔表情〕である。一方、洋服は〔量〕の装《よそお》いである。日本人が洋装をすると、その量感が人々の表情を消してしまう。

もっとも、池波が日常的に和服を着るようになったのは、中年を過ぎてからだ。胸と腹と尻《しり》にほどよく肉がつき、和服がしっくり体に馴染《なじ》むようになったのだ。ゆるやかに和服をまとい街を歩いて様になるなら、年をとるのも悪くはないものだ。

死生観をめぐる名言

人間は、生まれ出た瞬間から、死へ向って歩みはじめる

「食について」『日曜日の万年筆』

「人は死ぬために、生きはじめる」。小説やエッセイの中にたびたび出てくる、池波正太郎の死生観だ。人間は誰でも必ず死ぬ。どんなに悪あがきをしても、死は免れない運命である。それでも人間は生きようとする。生きるためには、食べねばならない。死へ向かって歩き続けるために、毎日、食するのだ。

「人間は矛盾の象徴だ」と、池波は言う。生死の矛盾を内包しながら、生き甲斐を得ようとする。人を愛すること、我が子を育てること、仕事に夢中になること。死ぬことがわかっているからこそ、いまを懸命に生きるのだ。「人間は死ぬ」という簡明な事実を意識しながら、ただ一度の人生を、どう生きるのか。結局は、それが一番肝要なのである。

人生をめぐる名言

人間とか人生とかの味わいというものは、理屈では決められない中間色にあるんだ

「顔」『男の作法』

「白黒をつける」という言葉がある。ものごとの真意や是非を決めるという意味だ。池波は白か黒かだけですべてを決めてしまうのは、いかがなものかと苦言を呈する。人間は悪いことをしながら、善いこともする……池波作品に一貫するテーマだ。つまるところ、人間ほど矛盾した生きものはないのだ。その生涯は白と黒のみによって定められるものではない。さまざまな、数え切れない色合いによって、成り立っているのだ。

コラム

池波正太郎の「旅」

重金敦之

池波正太郎さんの葬儀、告別式は、一九九〇年五月六日、新宿の千日谷会堂で行われ、作家の山口瞳《ひとみ》さんが、「旅する人よ　池波正太郎さん」とお別れの弔辞を読み上げた。

私が池波さんと初めて出会ったのは先の東京オリンピックの翌年の二月のことで、一緒に金沢へ取材旅行に出かけた。「週刊朝日」の「新日本名所案内」という十五枚のルポを書いてもらう企画だった。編集者になったばかりで、池波さんの小説はほとんど読んでいなかった。「鬼平犯科帳」の連載はまだ始まっていない。

私はここで二つのことを学んだ。まだ慣れていない私が、明日はどこへ行ったらよいのか、晩ご飯を摂《と》りながら候補を挙げると、不安げな私の表情を読んで、「十五枚の原稿はこの食事だけで書けますから、心配することはありませんよ」と安心させてくれた。

なるほど、作家たるもの、一夕の食事だけで十五枚の文章が書けるんだと感心したことを覚えている。これは、やってみるとわかるのだが、そう簡単にできる技ではない。もちろん食事だけで済ませたわけではない。食事の場面は点描に過ぎなかった。

もう一つ、作家は嘘《うそ》を書くことも学んだ。嘘というと、言葉が強くなるが、演出と置き換えてもいい。帰途は夜行の寝台急行「白山」で上野へ向かったのだが、文中で「S記者は、しきりに『明日の駅弁は、どこのがいいかな』と、つぶやきつづける」とある。私のことだが、駅弁の話ばかりしていたわけではない。誇張というよりは、もう創作に近い。

本来エッセイというのは、創作（フィクション）を交えてはいけないものだ。しかしノンフィクションという言葉があるように、事実や記録だけを並べても「読み物」にはならない。自分だけが読者のはずの「日記」にしても、どこか「他人に読ませよう」という作為が働いているものだ。こんな話がある。

池波さんが月刊「文藝春秋」（一九七三年十二月号）に書いたエッセイ「母」を作家の吉村昭さんが激賞した。夫人の津村節子さんにも「これはいい作品だ」と勧め、池波さんに「実にすばらしい」とはがきを送った。二人とも同世代で下町に生まれ育ったから、話が合ったのだろう。「別冊小説新潮」（一九七六年秋季号）の対談で、吉村さんは「すばらしい小説だ」と褒め上げた。池波さんは「どこをほめてくれるんだかわかんないな」と照れていた。

家の中で、母と妻の二人の女性にどう向き合って家を切り盛りしていくのかが書かれている。編集部も小説ではなく、エッセイを頼んだのだろう。池波さんもエッセイのつもりで書いたはずだ。しかし読者としての吉村さんは、「小説」として読んだ。うまく仕掛けられた嘘（演出）を見抜いたに違いない。

自伝的要素の強い作品に『青春忘れもの』（新潮文庫）がある。これも自伝というよりは、小説として読んだほうが良い。株の仲買店時代の親友、井上留吉も一人ではなく複数の人物を融合させたものだ。私はこの本を読んで、「週刊朝日」に『食卓の情景』（のち新潮文庫）の連載をお願いした。

金沢の後も、肥前名護屋、奈良の東大寺、丹後の宮津、伊賀《いが》上野から桑名などへ出かけた。長編小説『真田太平記』の取材では、信州上田や松代《まつしろ》は無論のこと、京都から和歌山の九度山《くどやま》などを訪れた。

お子さんがいなかったこともあり、趣味は旅行だった。おそらく日本中くまなく足を踏み入れていたと思われる。若い頃は山歩きにも精を出したようで、上州の法師温泉などがお気に入りだった。旅館の事情や評判もよく知り尽くしていた。挿絵をお願いした画家の風間完さんが同行したこともあったが、道中は川柳まがいのざれ句を詠《よ》んだり、他の作家の噂《うわさ》を肴《さかな》にしたりして、実に楽しい旅だった。

好んで京都の町へ出かけたのは、そこに江戸の空気を感じたからだ。戦前までは東京にもかすかに江戸の雰囲気が残っていたと、池波さんはいう。しかし、東京オリンピックを境に東京の町は一変した。中でも、日本橋をまたぐように首都高速道路を通したことは池波さんを嘆かせた。

京都も変わったが、東京よりはまだましだった。深夜に西陣の奥まった小路を歩けば、まだ漆黒の闇《やみ》が残っている。その闇に江戸を見出《みいだ》したのだろう。さらに晩年はパリに通いだした。最初に平凡社の仕事でヨーロッパに出かけたときは、たまたま私も休暇を取って風間さんと一緒にノルマンディ地方に遊んだ。一日だけ池波さんと三人で、パリでお会いした。生まれて初めて海外へ出たというのに、すっかりなじんでいた。今まで観《み》た映画ですべてわかっているから、と元気そのもので、三本くらい映画も楽しんだと言っていた。シャンゼリゼ通りの「フーケ」でお茶を飲み、パリの胃袋と言われた旧「中央市場（レ・アール）」そばの古いビストロ「オ・ピエ・ド・コション（豚の足）」で食事をした。隣でなじみらしい流しのタクシーの運転手が赤葡萄酒《ぶどうしゅ》を一杯ひっかけて、すぐに出ていった情景を喜んでいた。

小説だけでなく、多くのエッセイや画文集を残し、ファンも多い。『チキンライスと旅の空』（池波正太郎エッセイ・シリーズ4 朝日文庫）は、先述した「母」や、パリの紀行文も収載されているが、「チキンライス」という一篇がある。東京にいるときはあまり食べないのに、旅へ出ると毎日でもチキンライスを食べたくなると書く。レストランで出す上等なものより、トマトケチャップだけで炒《いた》めたほうが好みだった。〈土佐の佐川の町の食堂で食べたチキンライス。上州・沼田の町外れの飯やの小母《おば》さんがつくってくれたチキンライス。信州・松代《まつしろ》の町の、そば屋にあったチキンライスなど……それぞれにおもい出のふかい味を残してくれている。〉

一度飛驒《ひだ》の古川までご一緒したことがある。飛驒川と飛驒街道沿いに走る高山線の車窓から、二、三台しか停められない駐車場がある食堂を見つけて、「あそこのチキンライスはおいしそうだ」と、列車を停めて今にも降りんばかりの気配を見せた。

パリも京都も江戸に共通しているのは、そこに人間の営みを大切にする都市の姿があるからだ。近代的で便利な高層ビルは少ないかもしれないが、悪党もいれば、浮浪者もいる。もちろん善人だけではない。隣にスリが狙《ねら》っているかもしれない。そこが都市の魅力なのだ。昔のままでいることを善とし、改革につながる近代化を悪とする姿勢がパリにはある。池波さんはそこに惹《ひ》かれたのだろう。惹かれたというよりは、もはや東京には住めなくなったからといったほうがいいかもしれない。「遺書」ともいうべき、最晩年に発表された現代小説『原っぱ』（新潮文庫）の「東京なんて、もう無いのも同然だよ」「これからは、旅をしているつもりで暮せばいい」という科白《せりふ》につながっているのだ。

若いころから親交があった司馬遼太郎さんは、東京に絶望した池波さんが、好きな江戸を小説の中に表現した、と追悼している。

〈池波さんは江戸の街路や、裏通りや屋敷町、あるいは〝小体《こてい》な〟料理屋などをすこしずつ再建設しはじめただけでなく、小悪党やらはみだし者といった都市になくてはならない市民を精力的に創《つく》りはじめた。〉（『剣客商売読本』「若いころの池波さん」新潮文庫）

そして、誰よりも早くそこに住み始めたと書く。一九六八年に始まった『鬼平犯科帳』に続き、四年後には『剣客商売』『仕掛人・藤枝梅安』が始まった。いうまでもなく日本中が「列島改造」の掛け声に躍り、狂い始めた時代である。

山口瞳さんの弔辞は、次の言葉で終わっている。

〈そうです。池波正太郎という小説家は〝旅する人〟であったのです。池波さんは、大好きなパリやヨーロッパの田舎町に何度も旅行しました。戦国時代にも旅したことがありましたし、むろん、御自分の町である江戸には長逗留《ながとうりゅう》しました。大正や昭和の東京の町も歩きました。（中略）

いま、池波さんは、私たちの誰もが知らない、住み心地のいい懐《なつか》しい感じのする町に旅しているのだと私は思っています。池波さん、ゆっくりと楽しい旅を続けてください。

池波正太郎さん、さようなら。

正チャン、さよなら。

そうして、旅する人よ。

さようなら。〉（『正太郎の粋　瞳の洒脱』山口正介　講談社文庫）

戒名は華文院釈正業。享年《きょうねん》六七。西浅草の西光寺に眠る。

しげかね・あつゆき（プロフィールp87参照）

池波作品の舞台は今！

剣客商売・鬼平犯科帳・真田太平記

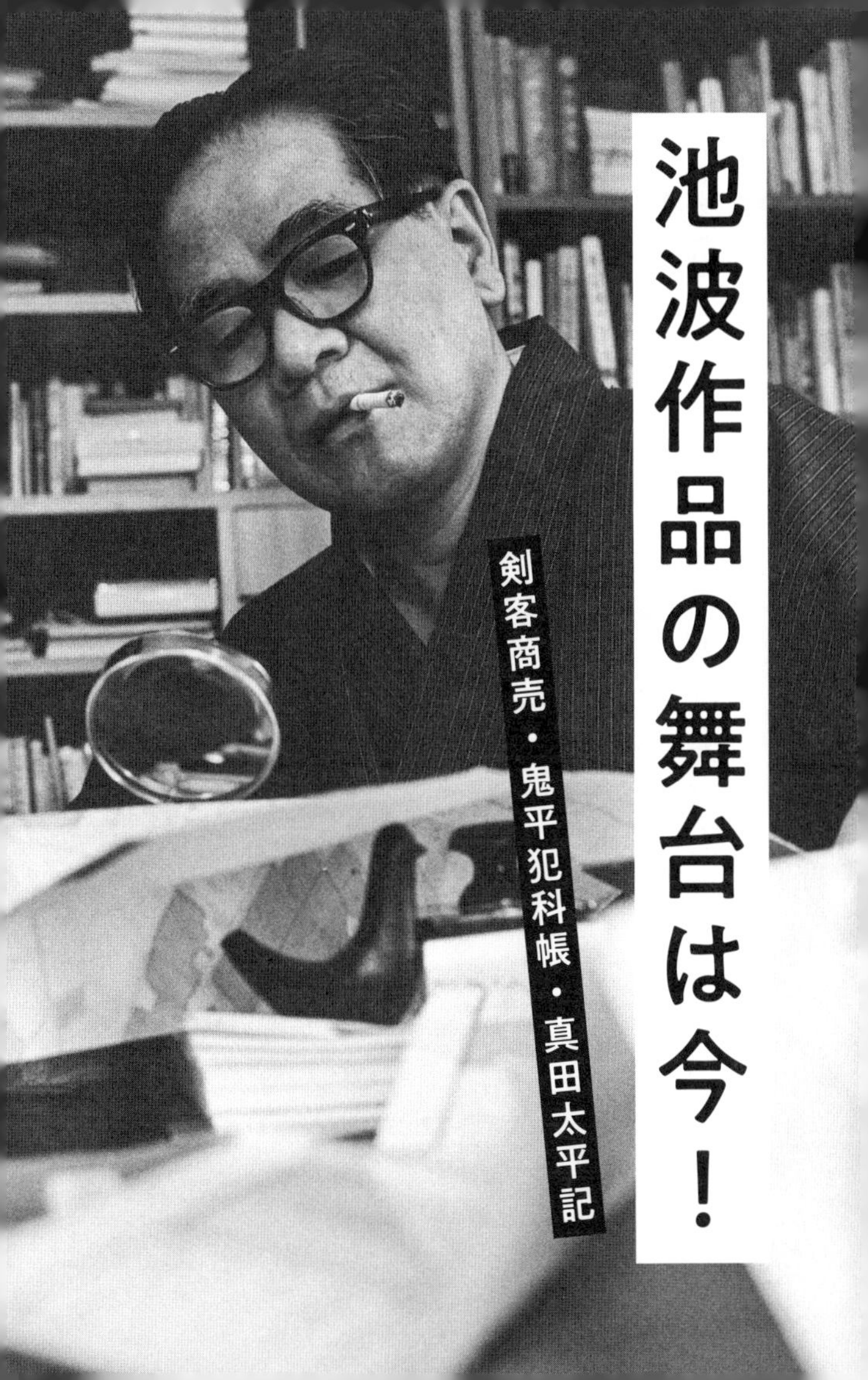

町歩きや旅を愛した池波正太郎。その作品は、読者の心の中に物語の情景をありありと浮かび上がらせてくれます。名作に描かれた町を実際に訪れてみて、登場人物の気分を味わってみませんか。

『剣客商売』の舞台

秋山小兵衛《こへえ》の隠宅

隅田村・鐘《かね》ヶ淵《ふち》近く（東京都墨田区堤通二丁目）

荒川・大川（現・隅田川）・綾瀬《あやせ》川の三川が合流する鐘ヶ淵をのぞむ地に秋山小兵衛の住居があります。四谷《よつや》・仲町《なかまち》に無外流の道場を開き、江戸でも名の通った剣客として、多くの門弟を育てていた小兵衛。五十七歳頃、突如道場をたたみ隠棲《いんせい》、剣士としての名誉も立身出世も捨て、若い後妻のおはるとともに気楽な隠居暮らしを始めます。藁《わら》屋根のかつては百姓家だったものを改造した小さな家ですが、

隅田川対岸の荒川区から見た現在の鐘ヶ淵付近。

庭先まで水を引き込み、おはるが操る自家用の小舟で大川へ出られるようになっています。やがて、妖怪《ようかい》・小雨坊《こさめぼう》のような剣士・伊藤郁太郎《いくたろう》に火をつけられて家は全焼してしまいますが、聖天町《しょうでんちょう》の大工・富治郎により再建されました。

名所旧蹟《きゅうせき》が点在し、四季折々の風趣が美しいところであったという鐘ヶ淵付近。しかしながら現在は川沿いに高速道路が架かり、かつての趣はのぞめません。その落差を感じてみてください。現在の墨田区運動場のあたりに小兵衛の隠宅があったと思われます。

秋山大治郎《だいじろう》の道場

浅草・橋場町（東京都荒川区南千住《みなみせんじゅ》三丁目）

千住大橋方面からの流れが右に大きく蛇行する大川の河畔、浅草・橋場町に二つの鳥居。一つは石浜神明宮、もう一つは真崎稲荷《まさきいなり》明神社のものです。真崎稲荷に近い木立の中に、秋山小兵衛の子息・大治郎が無外流の剣術道場を構えています。道場は近くの名刹《めいさつ》・総泉寺が所有する畑にあ

かつての二つの鳥居は隅田川を行く船の目印だった。

った百姓家を小兵衛が買い取り、息子のために改造してくれたもの。十五坪ほどの質素な道場だが大治郎の城で、後に佐々木三冬《みふゆ》と結婚しこの家で家庭を築いていきます。

かつては、川に向かって並んでいた二つの鳥居。隅田川を往《ゆ》く船のランドマークになっていた石浜神明宮、真崎稲荷の鳥居は今一つになっています。現在は石浜神社に真崎稲荷が合祀《ごうし》され、お社の右側に祀《まつ》られています。

御用聞き・弥七《やしち》の〔武蔵屋《むさしや》〕

四谷・伝馬《てんま》町（東京都新宿区四谷一丁目）

四谷・伝馬町の料理屋〔武蔵屋〕は、御用聞き・弥七の住まいで、店は女房・おみねが経営しています。人柄のよい弥七は、お上の風を吹かせ、陰にまわって悪辣《あくらつ》なまねをする御用聞きが多い中ではめずらしい人物。四谷近辺の人々に〔武蔵屋の親分〕として人望が厚いのです。秋山小兵衛が四谷に道場を構えていた頃には熱心に稽古《けいこ》に通った、いわば愛弟子《まなでし》。弥七も小兵衛を敬愛し、その頼もしい片腕

〔武蔵屋〕があったかつての伝馬町は四谷見附の交差点付近。

となりました。

〔武蔵屋〕のあった四谷・伝馬町は、現在のＪＲ四ツ谷駅前あたり。池波正太郎は「東京の情景」で、大正時代に、かつての江戸城外濠《そとぼり》にかけられた見附《みつけ》の陸橋を好み絵に描いています。

料亭〔不二楼《ふじろう》〕

浅草・橋場町（東京都台東区橋場一丁目）

浅草の橋場は、大川を利用した舟便と美しい景観とが相《あい》俟《ま》って、資産家の寮（別荘）や料理屋などが建ち並ぶ場所でした。川べりにある料亭〔不二楼〕は、秋山小兵衛がかねてから馴染《なじ》みの店で、江戸でも名の通った料亭として屈指の繁盛《はんじょう》ぶりを誇っています。主人の与兵衛、およし夫婦、座敷女中のおもと、料理人の長次ほか店の者は秋山家と家族ぐるみのつきあいで、秋山ファミリーの一員。小兵衛の家が全焼したとき、しばらくの間小兵衛とおはるは、店の

浅草・橋場からは、現在東京スカイツリーがよく見える。

離れに居候《いそうろう》していました。

浅草の橋場は、江戸から戦前までは、風光明媚《めいび》な地として著名人の別荘や屋敷が多くありました。三条実美《さねとみ》の〔対鷗荘《たいおうそう》〕もこの地にあり、明治天皇が三条の見舞いに訪れた記念碑が白鬚《しらひげ》橋の袂《たもと》にあります。

酒飯〔元長《もとちょう》〕

浅草・駒形《こまがた》町（東京都台東区雷門二丁目）

大川に面した浅草の駒形堂。このあたりはその昔、川の中から浅草観音が出現したところで、浅草寺の惣門《そうもん》があったといわれています。この駒形堂の裏にあるのが酒飯〔元長〕で、橋場の料亭〔不二楼〕の料理人・長次と座敷女中・おもとが夫婦となり、独立して開いた店です。店は駒形堂裏の茶店が売りに出ていたのを、不二楼の主人・与兵衛が金を出し手に入れてくれたもの。店名は長次とおもとの一字ずつをとって小兵衛が名づけました。安永の頃には

隅田川に面して建つ駒形堂。この裏に〔元長〕が。

小料理屋という名称はなく、居酒屋でも飯屋でもない、当時はめずらしい店でした。

駒形堂は、浅草寺の本尊・観世音菩薩《ぼさつ》の上陸地を記念し、またこの辺りを遊泳する魚族の無事を祈念して建立《こんりゅう》されたようです。境内には元禄《げんろく》六年（一六九三）に建立された「浅草観音戒殺碑《かいさつひ》」、つまり、浅草観音が出現した場所なのでこのあたりで魚の類《たぐい》を捕ってはいけない、という碑があります。

『鬼平犯科帳』の舞台

長谷川《はせがわ》平蔵の役宅

江戸城北の丸・清水門外（東京都千代田区九段南一丁目）

長谷川平蔵の役宅は、江戸城三十六門のうちの一つ（清水門）の外にあります。徳川家康が江戸に入った頃、このあたりに清水が湧《わ》き出ていたため、この名が門につけられたそう。役宅の正面に御門が見え、役宅と門の間は江戸城の濠に面した広い道になっています。ここは、長官・長谷

役宅のあった場所には千代田区役所の高層ビルが建つ。

川平蔵、与力、同心たちの仕事場で、犯罪者を収監する牢屋《ろうや》や拷問《ごうもん》部屋、小規模だが取り調べをする白洲《しらす》もありました。同時に平蔵、久栄《ひさえ》夫妻の生活の場でもあり、与力、同心のうち独身者などは役宅内の長屋で暮らし、大半は四谷の組屋敷から通ってきます。ほかに密偵の伊三次《いさじ》や馬蕗《うまぶき》の利平治《りへいじ》なども屋敷内に寝泊まりしています。

長谷川平蔵の役宅は、史実では本所に存在したようですが、池波正太郎は、清水門外の御用屋敷を敢《あ》えて役宅に設定したようです。清水門は今でも堅固で風格のある姿を留めています。門を潜《くぐ》るとかつては江戸城内の北の丸エリアで、今は日本武道館や科学技術館がある北の丸公園が広がっています。

春慶寺

押上《おしあげ》村（東京都墨田区業平《なりひら》二丁目）

押上村の長養山・春慶寺は、普賢《ふげん》堂に祀られた普賢菩薩が「押上の普賢様」として親しまれ、参詣《さんけい》人が絶えません。長谷川平蔵の剣友、岸井左馬之助《さまのすけ》が寺にある藁屋根の離れに寄宿しています。高杉道場時代には兄弟分の仲だった二

近代的になった春慶寺と岸井左馬之助の碑。

人は、二十年ぶりに再会し親友づきあいが復活。左馬之助は火付《ひつけ》盗賊改方《あらためかた》の一員のように平蔵を助けてたびたび危難を救う場面もあります。左馬之助は独身時代の長い間この寺の世話になっていました。

四世鶴屋《つるや》南北の墓所がある寺としても名高い春慶寺は、現在、押上の浅草通りに面した近代的なお寺となっています。目の前には東京スカイツリーが聳《そび》えます。岸井左馬之助は池波正太郎の創作で、実在した人物ではありませんが、平成十五年（二〇〇三）、〔岸井左馬之助寄宿之寺〕という碑が建てられました。テレビドラマの「鬼平犯科帳」で左馬之助を演じた俳優の江守徹《えもりとおる》氏が碑の文字を揮毫《きごう》しています。

軍鶏《しゃも》なべ屋〔五鉄〕

本所・二ツ目橋北詰（東京都墨田区両国四丁目）

本所・竪《たて》川に架かる二ツ目橋の北詰、角地に軍鶏なべ屋〔五鉄〕があります。ここは長谷川平蔵が銕三郎《てつさぶろう》を名乗って、放蕩《ほうとう》無頼な生活をおくっていた若い頃から出入りしている店。新鮮な軍鶏の臓物を、ささがき牛蒡《ごぼう》と煮込んだ名

創作上の店ながら〔五鉄〕のあった辺りに案内板が。

物の鍋《なべ》は絶品で、平蔵や密偵たちの大好物。亭主の三次郎は平蔵とは幼なじみで、そのお役目をよくわきまえていて、店ぐるみで探索に協力しています。本所、深川界隈《かいわい》の火付盗賊改方の重要な連絡所でもあり、ここを拠点として探索が進み解決した事件も多いのです。〔五鉄〕から二ツ目橋を南へ渡るとこちらも平蔵と旧知のお熊婆《くまばあ》さんの茶店〔笹《ささ》や〕があります。

二ツ目橋は現在、清澄《きよすみ》通りに架かる二之橋となっており、竪川の上は首都高速七号小松川線が覆《おお》っています。〔五鉄〕は池波正太郎が創作した店ですが、多くのファンがここを訪れるようで、墨田区が設置した高札の案内板が置かれています。

船宿〔鶴や〕

深川・石島町（東京都江東区扇橋一丁目）

深川・石島町の船宿〔鶴や〕、ここも深川地区における火付盗賊改方の重要な連絡所です。以前は、敵持《かたきも》ちの利《り》右衛門《えもん》が亭主の船宿でした。ところが自分を敵と狙《ねら》う金子半四郎が店を訪れ、利右衛門が返り討ちにする事件が。皮

〔鶴や〕があった辺りには江戸の頃とおなじく堀川が流れている。

肉にも半四郎は長谷川平蔵をつけ狙う暗殺者でした。この「暗剣白梅香」事件の後、江戸を離れた利右衛門にかわって、密偵の小房《こぶさ》の粂八《くめはち》が亭主となりました。船宿の二階奥座敷には秘《ひそ》かに監視できる隠し部屋が設けてあり、船頭や店の者も協力して、さまざまな事件がここを舞台に展開します。

横川（現・大横川）沿いの深川・石島町、今は住宅街が広がっています。川の上流は暗渠《あんきょ》となり親水公園になっているが、このあたりは、護岸工事は施されているものの、江戸時代と同じように水を湛《たた》えた堀川で、川沿いには桜並木が続いています。

船宿〔嶋《しま》や〕

浅草・今戸橋近く（東京都台東区今戸一丁目）

大川を船でさかのぼり、浅草・山之宿町を過ぎたあたりを左に切れ込むと、そこは山谷堀《さんやぼり》で吉原《よしわら》へ続く水路です。遊客を乗せた猪牙舟《ちょきぶね》が行き交う堀の入り口に架かるのが今戸橋で、この付近には料理屋や船宿が多く立ち並んでいます。橋の近くにある〔嶋や〕は、長谷川平蔵がよく利用す

今戸橋付近には池波正太郎に縁の深い待乳山聖天がある。

る船宿で、堀を隔てた向こう側には待乳山《まつちやま》聖天があります。宿の亭主・亀次郎《かめじろう》は平蔵の幼友達。亀次郎や店の者は平蔵のお役目をよくわきまえており、ここは火付盗賊改方の浅草方面における拠点となっています。

山谷堀は暗渠となって埋め立てられ、台東区立山谷堀公園となりましたが、今戸橋の名が刻まれた親柱はそのまま残されています。池波正太郎は、本龍院《ほんりゅういん》・待乳山聖天の南側、聖天町（現・台東区浅草七丁目）で生まれました。この付近は「鬼平犯科帳」のほかにも「剣客商売」「仕掛人・藤枝梅安」「雲霧仁左衛門」など多くの池波作品に描かれているおなじみの場所です。

人足寄場

築地《つきじ》の海・石川島（東京都中央区佃《つくだ》二丁目）

築地の海に浮かぶ佃島と石川島。北側の石川島に、長谷川平蔵が幕府に建言して設置された人足寄場があります。江戸の町には諸国から集まる浮浪の徒、無宿者が跡を絶たず、中には無頼の徒や盗賊に転落する者も少なくありませ

タワーマンションが建ち並ぶ石川島の辺り。

んでした。寄場は、彼らを一箇所へ収容し、心を入れ替えさせる懲治場《ちょうじじょう》であり、仕事を与える授産場としての更生施設でした。老中・松平定信《さだのぶ》は長谷川平蔵に、火付盗賊改方の長官と兼任で、人足寄場の取扱《とりあつかい》も命じます。

石川島には以前、石川島播磨《はりま》重工業（現・ＩＨＩ）の社屋がありましたが、住宅都市整備公団（現・ＵＲ都市機構）などの再開発により、東京でも有数の高層高級マンションが建ち並んでいます。隅田川に浮かぶ光景は新しい都市美を作り出していますが、江戸の昔にはここに人足寄場があったことを思うと、まさに隔世の感があります。

『真田《さなだ》太平記』の舞台

別所の温泉《ゆ》

信濃《しなの》国・別所（長野県上田市別所温泉）

高遠《たかとお》城の戦いで重傷を負った向井佐平次は、真田家の草の者（忍び）・お江《こう》に助けられ、真田家の領地、信濃・別所にたどり着きます。古代からひらけた別所は、往古には

幸村と佐平次の出会いなど、多くの名場面の舞台となった温泉場。

〔七久里《ななくり》の湯〕といわれた湧《わ》き出る温泉が湯けむりをあげています。種々の病に効能があるという湯につかり、傷を癒《い》やす佐平次。この浴舎の中で佐平次は、図らずも真田安房守昌幸《あわのかみまさゆき》の二男・源二郎信繁《のぶしげ》（幸村《ゆきむら》）と出会います。この浴舎は物語の中でたびたび登場し、お江と幸村が愛を育《はぐく》んだのもここでした。

多くの旅館が軒を連ねる現在の別所温泉。温泉街には外湯と呼ばれる共同浴場が三箇所あり、その一つ〔石湯〕の前に池波正太郎が揮毫した〔真田幸村公　隠しの湯〕という石碑が建てられています。池波はおそらくこの浴舎をイメージして執筆したのではないでしょうか。

上田城

信濃国・上田（長野県上田市二の丸）

上野《こうずけ》・信濃にまたがる岩櫃《いわびつ》、砥石《といし》、沼田の三城を支配していた真田昌幸は、念願かなって信濃の要衝である上田に新城の建設を決断しました。天正十三年（一五八五）、大峯山・東太郎山の山岳を背負った段丘、千曲川《ちくま》を眼下に見下

現在では上田の観光拠点となっている城跡には多くの人が訪れる。

ろす断崖《だんがい》の上に、本丸と二の丸が完成。同年、一万の徳川軍がこの城に攻めかかりますが、敵軍を巧みに城内へ誘い込み、樹木や石塊を落下させて打ち破り真田の大勝利。この一戦で真田昌幸の名が天下に轟《とどろ》きました。それから十五年後、天下分け目の合戦を前に、徳川秀忠《ひでただ》率いる軍勢が再び上田城を攻めた際も、大軍を釘付《くぎづ》けにし、関ヶ原への参戦を阻止するのでした。

関ヶ原の戦い後、家康の命令で上田城は破却され、以後再建されることはありませんでした。城跡が公園として整備された現在の上田城は、春には上田城千本桜まつりが行われる桜の名所です。

信濃国分寺

信濃国・上田（長野県上田市国分）

石田三成側についた真田昌幸・幸村父子を屈服させるため、上田に進軍する徳川秀忠。上田城下の信濃国分寺へ徳川方の軍使として派遣されたのは、今は敵方となった真田昌幸の長男・信幸と本多忠勝《ただかつ》の長男・忠政でした。二人と

荘厳な本堂と三重塔は昔のままの姿を誇っている。

対面した昌幸は、一度は城明け渡しを約するものの、それを破り一戦を交えて激しく抵抗。秀忠軍を上田に足止めし、秀忠は関ヶ原の決戦に間に合いませんでした。大戦の終結後、昌幸と幸村は紀州の九度山《くどやま》へ配流《はいる》となり、国分寺で信幸は父弟と対面。幸村は兄に厚く礼を述べ、信幸は名乗りを〔信之〕とあらためることを弟に伝えます。

かつては広大な敷地を有していた信濃国分寺。規模は縮小したものの、荘厳《そうごん》な本堂、室町時代に創建されたと推定される三重塔は健在です。毎年一月七日・八日には八日堂縁日が開かれ、ドロヤナギ材で作られた招福除災を祈る護符、六角柱型の蘇民《そみん》将来符が頒布《はんぷ》されます。

（協力・池波正太郎記念文庫）

コラム

池波正太郎が描く「女」

大矢博子

池波作品のおもな舞台である戦国から江戸期にかけての時代、女性の生きる道は今よりずっと狭かった。火付《ひつけ》盗賊改メも剣客も武将も男の世界。したがって、どうしても女性は脇役《わきやく》として描かれることが多くなる。

ところがそんな中に、さまざまな環境の女性を描いた短編集がある。『おせん』〈新潮文庫〉だ。著者には珍しい、女性主人公ものばかり集めた一冊である〈化け猫とか化け狐《ぎつね》の話もあるが、それもメス〉。

蕎麦《そば》切りの技で店を繁盛《はんじょう》させたヒロインが周囲のやっかみを受ける「蕎麦切おその」、悪事の証言をしたことで悪人を島送りにしたはいいが、その責任をとって彼の老母の面倒を見ることになった「おせん」、武芸に優れ、主人の敵《かたき》を討った女性が主人公の、のちに歌舞伎《かぶき》にもなった「力婦伝」などなど。〈鬼平犯科帳〉や〈剣客商売〉に登場する女性たちが総じて「できた女」であるのに対し、この短編集のヒロインたちは皆、辛《つら》い過去や傷やコンプレックスを持った者ばかりだ。

だが、そんな女性に池波正太郎の筆はとても優しい。傷を抱えながら生きる女たちを力強く励ますような物語ばかりなのだ。

特に「烈女切腹」がいい。殿の寵愛《ちょうあい》をいいことに悪辣《あくらつ》の限りを尽くす側用人《そばようにん》・渡辺茂太夫を、虐《しいた》げられた側の家の娘・りつが刺し殺す。殿は怒って、女ではあるが切腹させると息巻いた。茂太夫の悪事を知っている周囲の武士は助命を願うが……というもので、りつの毅然《きぜん》とした態度が圧巻。政治をほしいままにした側用人を誅《ちゅう》し、従容として切腹に臨むりつが言った一言がいい。

「法には道義がふくまれてのうてはなりませぬ。人……人の道義あればこそ……人は法を、信ずるのでござります」

本編が書かれたのは一九六三年だが、現代にもダイレクトに響いてくる。これを、当時は何の力も権利も持たされていなかった女性に言わせるのが池波正太郎なのだ。

この短編集はもちろん単独でも充分読み応《ごた》えがあるが、〈鬼平犯科帳〉のファンにもぜひお読みいただきたい。なぜなら、本書に収録されている「三河屋お長《ちょう》」は、〈鬼平犯科帳〉の番外編『乳房』（文春文庫）の元になった作品だから。読み比べると実に面白いのだ。

抱かれた男から「不作の生大根《なまだいこ》をかじっているようだ」と蔑《さげす》まれた経験がトラウマになっていたお長は、再会したその男を思わず殺してしまう。長編では主人公の名前も身分も違うが、不作の生大根という男のセリフに始まり、再会の時の描写、殺す前には畑道に赤蜻蛉《あかとんぼ》が飛んでいたという情景まで、まるで同じ。そこから短編では時間が早回しになりラストシーンへとなだれ込むのだが、『乳房』ではその早回しされた時間を丹念に描く。そしてその時間がヒロインをどう変えたか、読者の胸にしっかり染《し》み通ったところで、短編とほぼ同じラストが待っている。

ほぼ――というのは、微妙に違う表現があるからだ。ごくわずかな違いだが、その違いがあることによって、「三河屋お長」のエンディングが醸《かも》し出すわずかばかりの物悲しさと晴れ晴れしさに加え、『乳房』ではヒロインが自らの人生を愛《いと》おしんでいる自信が伝わるのである。

また、煙管《きせる》職人だった父を無残に殺された娘がその敵討《かたきう》ちを誓う「平松屋おみつ」は、長編『夜明けの星』（文春文庫）の元になった短編。こちらではヒロインの話と並行して、その犯人の物語が綴《つづ》られるという趣向だ。これも『乳房』同様、長いスパンでヒロインの人生を描いている。そしてこのヒロインも、短編・長編両方に共通するさらなる困難を経て、最終的には自分の来し方を認めるまでが描かれているのである。

なお、『夜明けの星』には鬼平・梅安・剣客すべてのシリーズに顔を出す暗黒街の顔役・羽沢の嘉兵衛が登場する。

こうして見てみると池波作品の女性には、積み重ねた自信、という共通したキーワードが浮かび上がる。

その最たるものが、〈剣客商売〉番外編の『ないしょ　ないしょ』(新潮文庫)だろう。越後《えちご》・新発田《しばた》藩の浪人の家で下働きをしていた少女・お福の物語だ。その浪人に乱暴されるという辛い生活だったが、ある日、彼が何者かに殺される。そこから江戸に出て、さまざまな人との出会いの中で少しずつ成長していく。しかしなぜか彼女にかかわった人物は次々と死んでいき……。

与えられた場所で懸命に生きるお福だが、幸せは長くは続かない。けれど不幸せもまた、長くは続かないのである。自分のことを疫病神《やくびょうがみ》のように思って落ち込むときもあったが、それでも自分が誰かの役に立っていることを知り、これまでの人生は間違ってはいなかったのだと前を向くお福がとてもたくましい。

池波正太郎は女性を優しく、力強く励ますように描く——と先に書いたが、違った。池波正太郎は女性の優しさと強さを描いているのだ。励まされるのは読者の方だ。人生を他者に決められ、親や夫や子供や家のために生きることが当然とされていた当時の女性たち。けれどどんなに枠が決められていても、その枠の中で、彼女たちは自分で人生を選び、生きているのだと伝わってくる。他者のために生きる優しさと、それを選んで悔いなしとする強さが、そこにある。

長谷川平蔵の妻・久栄《ひさえ》はただの「できた妻」ではない。昔の男に言い寄られたとき、鮮やかにはねつけた様子は実に痛快だった。平蔵への想《おも》いを胸に秘めて密偵として働くおまさにも悲壮感はない。その心まるごと自分だと受け止め、そんな自分を誇っている。おまさにしろ、伊三次《いさじ》といい仲だったおよねにしろ、男と一緒になることだけが幸せの形ではないと、池波正太郎は彼女たちを通じて描き出す。

妻であってもなくても、武家であっても商家であっても、春をひさぐ女も下働きの女も。池波正太郎の描く女性は皆、しっかりと自分の足で立っている。そして積み重ねた自分の人生に、自分の歴史に、自信を持っている。だから魅力的なのである。

おっと、忍者ものに触れる紙幅がなくなった。数ある忍者ものの中で、女忍びが主人公になっているのが『蝶《ちょう》の戦記』（文春文庫）と『忍びの女』（講談社文庫）の二作だ。己の体を武器にする生き方は、今の価値観で読むと抵抗があるかもしれない。だがそれをプロフェッショナルの技として見せてくれること、そして戦国という男の時代を「戦う女の目」から描いていることで、市井《しせい》もの・剣豪ものとは違った女性のあり方を感じ取れることと思う。ぜひお楽しみいただきたい。

おおや・ひろこ
一九六四年大分県生まれ。書評家。新聞・雑誌への寄稿のほか、文庫解説を多数手がける。著書に『読み出したら止まらない！ 女子ミステリー マストリード１００』『歴史・時代小説　縦横無尽の読みくらべガイド』などがある。

評伝 池波正太郎

池波正太郎の物語は、〈剣客商売〉の老剣客・秋山小兵衛《こへえ》、〈鬼平犯科帳〉の火付《ひつけ》盗賊改《あらためかた》方長官・長谷川《はせがわ》平蔵、〈仕掛人・藤枝梅安《ふじえだばいあん》〉の江戸の仕掛人（殺し屋）・藤枝梅安など、勇壮なヒーローの活躍を描きつつ、食事、住まい、身だしなみ等のありふれた日常の風景を巧みに映し出し、生活のお手本を読者に示してきた。我々と同じ地平で、人生の喜び楽しみを伝えていた。だからこそ、私たちは池波正太郎の作品世界に親しみを覚え、たまらなく惹《ひ》かれるのだろう。

常に日本人の心に寄り添い、小説は勿論《もちろん》、エッセイ等でも人生の哀歓を描き続けた池波正太郎の作品とは、どのようにして生み出されたのか。その背景——作家・池波正太郎の生涯を、激動の大正・昭和の歩みと共に振り返ってみよう。

浅草に生まれた江戸っ子

池波正太郎は、大正十二年（一九二三）一月二十五日、東京市浅草区聖天町《しょうでんちょう》に父・富治郎、母・鈴の長男として生まれた。父は日本橋にある綿糸問屋・小出《こいで》商店の番頭で、母は浅草の錺《かざり》職人の長女だった。なお父方の祖父は越中（富山県）井波にルーツを持つ宮大工だったという。

後年、池波正太郎はこの父祖の地を訪ね、そこで抱いた思いを次のように綴《つづ》っている。

私の父方の祖父は宮大工だが、母方の祖父も錺職人だった。そして、孫の私は小説を書いているわけだが、どうも十年ほど前から、原稿紙にペンを走らせていても、何やら、二人の祖父が鑿《のみ》や鑢《やすり》を使っているような気分になってくるのだ。万年筆のペン先を洗っているときも、職人が道具の手入れをしているような気分になってくる。

（『一年の風景』朝日文庫）

自身の作家的資質は、父祖伝来の職人の気質にも通じるだろうと強く認識したのだ。こうした祖先と自分との強い結びつきの発見は、作家、池波正太郎にとって非常に心強く感じられたに違いあるまい。

この年の九月一日に関東大震災が起こり、一家は埼玉県浦和市に転居。正太郎は六歳の一月までここで暮らした。昭和四年（一九二九）、下谷・根岸小学校へ入学したが、両親が離婚したため浅草永住町《ながずみちょう》の母の実家に移り、下谷・西町小学校に転入する。この頃から家族に連れられて芝居や美術展覧会などに足を運ぶようになる。特に、昭和八年に新国劇の「大菩薩峠《だいぼさつとうげ》」を銀座の東劇で観《み》たことは、十歳だった正太郎に大きな影響を与えた。自身の講演でも必ずこの時のことを話していたという。


亡《な》き座長の机竜之助《つくえりゅうのすけ》で大当りをとった〔大菩薩峠〕を、辰巳柳太郎《たつみりゅうたろう》の竜之助、島田正吾《しょうご》の宇津木兵馬で東京劇場で上演したときの舞台を私は従兄《いとこ》に観せてもらった。

辰巳も島田も座員たちも、必死の意気込みで舞台をつとめていたにちがいない。

その舞台の、得体の知れぬ熱気の激しさ強さは、むしろ空恐ろしいほどのもので、十歳の私は興奮と感動に身ぶるいがやまなかった。

「何を、ふるえているんだい？」

と、私の肩を抱いた従兄の声を、いまも忘れない。

いまにして思えば、この観劇の一日こそ、後年の私を劇作家にさせた一日だったといえよう。


（『日曜日の万年筆』新潮文庫）

創作意欲のめばえ

昭和十年（一九三五）、十二歳で西町小学校を卒業すると、茅場町《かやばちょう》の現物取引所・田崎商店に勤めはじめる。が、四ヵ月後には同商店をやめ、兜町《かぶとちょう》の株式仲買店・松島商店に入店する。そしてここで出会った同僚の中島滋一と、手製の二人文集『路傍の石』を作り、はやくも創作活動を開始する。

商いに勤《いそ》しみながら池波正太郎は芝居と映画見物、読書に熱中したという。彼の自伝『青春忘れもの』（新潮文庫）には、この当時、中江藤樹の「翁《おきな》問答」、「海舟座談」、「良寛詩集」、ハドソンの「はるかな国とほい昔」、森鷗外《おうがい》、島崎藤村、永井荷風、国木田独歩、樋口一葉、泉鏡花、ディッケンズ、キップリング、ドストエフスキーなどジャンルを問わず様々な作品を読み耽《ふけ》ったと記されている。

昭和十二年、十四歳のとき、正太郎に運命的な出来事が起こる。叔父の今井敏郎が編集に携わっていた大衆詩誌「街歌」の原稿の受け取りのため、高名な小説家・劇作家の長谷川伸宅を訪ねたのだ。

正太郎は、〈あれが「瞼《まぶた》の母」の長谷川伸先生か。なるほど少しも気取りのない、やさしくてりっぱな先生だ。叔父さんは、あんな先生をもってしあわせだな〉とその時の感激をエッセイで述べている（『青春忘れもの』同）。

もう一人、戦前の池波正太郎に大きな衝撃を与えた文化人がいる。歌舞伎《かぶき》役者の十五代目・市村羽左衛門《うざえもん》だ。

偶然、日本橋の三越で市村羽左衛門を見かけた正太郎は、恐縮しながらも手帳にサインを求める。すると羽左衛門は、少年と明後日の再会を期してその場を去ってしまう。そして約束の日、羽左衛門は絵入りの色紙を用意して池波正太郎に持ってきてくれたのだ。この時の感動を正太郎はこう振り返る。

天下の大名優として自他共にゆるしている氏が、見も知らぬ十五か十六の小僧との約束をきちんと守られた、その律義《りちぎ》な、美しい人柄に感動したのである。このときの感動は有形無形に、現在の私へ尾を引いていて、ともすれば、わが人生に対してゆるみがちになる自分のこころをひきしめてくれる。

（『青春忘れもの』同）

まるで、後の池波作品の一場面のような一幕といえるだろう。市村羽左衛門はちょっとした粋《いき》な計らいで、後に大作家となるひとりの文学少年の可能性の種を芽吹かせたのである。

池波の戦争体験

昭和十七年（一九四二）、十九歳の池波正太郎は、時流をよみ、自ら国民勤労訓練所に入る。この当時の所内の訓練風景を描いた述作に『駆足』等がある。次いで芝浦の萱場《かやば》製作所に入り、旋盤機械工になる。ここで池波正太郎の上役になった水島平一郎伍長《ごちょう》は、機械を人間になぞらえて操作方法を教えるユニークな人物だった。後に作家となった池波正太郎は、この当時に学んだことが作品の制作過程に非常に役立ったと語っている。

不断の努力で技術力を磨いた正太郎は、翌昭和十八年には、岐阜県太田の新設工場で徴用工に旋盤を教えるまでに熟達する。その一方で、この頃は創作活動も旺盛《おうせい》で「婦人画報」の〈朗読文学〉欄に作品を投稿し、『休日』が五月号の選外佳作。『兄の帰還』が七月号に入選し、作品が掲載された。続いて十一月号、十二月号に『駆足』、『雪』がそれぞれ佳作、選外佳作となっている。この『雪』という作品は、大老・井伊《い》直弼《なおすけ》が桜田門外で襲撃を受けた「桜田門外の変」をテーマにしたもので、事を起こす水戸浪士たちに交じって、只《ただ》一人、薩摩《さつま》藩から参加した有村次左衛門《ありむらじざえもん》の胸の内を描いた物語だという。後年、池波正太郎本人が、自分のはじめて書いた時代小説にあたるのだろう、と述懐している。

昭和十九年の元旦《がんたん》、正太郎は、名古屋の大同製鋼に徴用されていた実父と十数年振りに再会する。

この頃の日本は、すでにガダルカナルの決戦に敗れており、本土の兵士たちも敗戦の気配を感じ取っていた。が、そうしたなかでも、〈日本は戦争に負けつづけていた最中であったのだし、敗戦をまる一年半後にひかえていながら、大都市では芝居も映画もやっているし、国技館での大相撲もひらかれ、双葉山が照国に負けたりしている。われわれの国は実にふしぎな国であった〉と、正太郎はその当時の異質な雰囲気を伝え残している。

その後、横須賀《よこすか》海兵団に入団。さらに三浦半島の武山海兵団、自動車講習所に入るが、ここで上官から不当な暴力を振るわれ、戦争が人の精神を荒廃させるという人間の暗黒面と否応《いやおう》なく対峙《たいじ》することになる。

その一方で、「一緒に死ねる」と思えるほど信頼できる人物とも出会っており、こうした経験が、後の人間の矛盾に対する探求の契機の一つになったとも考えられる。

その後、正太郎は横浜・磯子《いそご》の八〇一空《はちまるいちくう》に転属する。この頃には、戦火は本土にも及び、昭和二十年三月十日の空襲で家族の住む永住町の家も焼失してしまう。五月に正太郎は鳥取県米子《よなご》の美保《みほ》航空基地に転出し、通信任務にあたる。そして同基地で敗戦を迎え、ポツダム二等兵曹となるのだった。

彼は戦後まもなくに、それまで書き溜《た》めた俳句や短歌等をまとめた手製の文集『泥《でい》麥《ばく》集』を作っている。これは文学青年、池波正太郎なりの戦争へのけじめのつけ方であったのかも知れない。なかには、〈見馴れゐし町の姿を目に追ひて廃墟《はいきょ》に我は立ちつくしつつ〉、〈爆撃に三《み》度《たび》焼け出で今もなほ東京の町に母は働く〉といった当時の胸中をしたためた句や歌が収められている（『完本池波正太郎大成』別巻）。

劇作家デビュー、恩師との出会い

日本全体が戦後復興に猛進するなか、池波正太郎は大いなる虚脱感に囚《とら》われる。その原因は、巷《ちまた》に流布《るふ》していた新聞やラジオの論調の一変にあった。

悪質で愚かな軍人や、一部の政治家たちに騙《だま》され、悲惨で愚劣な戦争を、正しいものと信じ込まされていた悔しさはさておき、その片棒を担《かつ》いでいたジャーナリズムが恥も外聞もなく、旧体制を罵倒《ばとう》し、自由主義に酔いしれているありさまは、実に奇怪《きっかい》だった。

終戦を境いにした、この昭和二十年夏に、私の心身へ植えつけられた不信感は、いまもってぬぐいきれない。

（『日曜日の万年筆』同）

とエッセイでも、その戸惑いを記録している。

こうした世の動きと、自己の精神との距離感は、正太郎に〈物事に期待をせず、自分の仕事の質をみがいて行く〉という信念を胸に宿らせるのだった。

昭和二十一年（一九四六）、二十三歳の正太郎は都の職員に採用され、下谷（現・台東）区役所衛生課に勤務しＤＤＴの散布等に従事する。この頃、読売新聞社が募集していた演劇文化賞に応募し、戯曲『雪晴れ』が選外佳作に選ばれる。作品は、選者の一人だった村山知義《ともよし》によって新協劇団で上演された。

次いで昭和二十二年の第二回演劇文化賞に『南風の吹く窓』が佳作入選する。この選考委員のなかには、少年時代に顔を合わせたことのある長谷川伸がいた。運命的な縁を感じた正太郎は、長谷川伸から創作の指導を受けたいと思い、憧《あこが》れの作家のもとを訪れる。そして、長谷川伸との師弟関係を結ぶ。これをきっかけに、脚本戯曲の研究会「二十六日会」と、小説の研究会「新鷹会《しんようかい》」に入会することとなる。

昭和二十五年に、二十七歳の池波正太郎は片岡豊子と結婚。駒込《こまごめ》神明町の棟割《むねわり》長屋で所帯を持つようになる。同年八月、戯曲『冬の旅』を「大衆文藝《ぶんげい》」九月号に発表。翌昭和二十六年に戯曲『鈍牛』が新国劇により新橋演舞場で上演される。これが十歳のときに「大菩薩峠」を観ていらい憧れだった劇団で、商業演劇の脚本家としての幸福なデビューを果たすことができた。

新国劇とは、俳優の沢田正二郎が歌舞伎と新劇との中間にあたる新しい国民演劇の創造を目的にして、大正六年（一九一七）に結成した劇団だ。新機軸の躍動感溢《あふ》れる殺陣《たて》が話題となり、絶大な人気を獲得した。正二郎の没後は、辰巳柳太郎、島田正吾らが中心となって劇団を支えた。池波正太郎はこの劇団と親交を結び、若き日より敬愛してきた辰巳柳太郎や島田正吾と公演について議論することもあったという。彼の作家としての成長は、この劇団とともにあったといえる。

昭和二十七年に台東区役所衛生課から目黒税務事務所に転勤。また東京・荏原《えばら》に新居をかまえる。十月、池波が執筆した『檻《おり》の中』が新国劇で上演される。翌二十八年には、『渡辺崋山《かざん》』が新国劇で上演。

そして、昭和二十九年、三十一歳のとき長谷川伸のすすめで小説を書きはじめる。海軍時代の自己の体験をもとに創作した短編小説『厨房《キッチン》にて』は「大衆文藝」十月号に掲載された。執筆活動が軌道に乗り始めた昭和三十年、正太郎は目黒税務事務所を退職し、創作に専念するようになる。この頃には、テレビ、ラジオドラマの脚本も多数手掛けるようになる。

「作家・池波正太郎」の誕生

昭和三十一年（一九五六）一月、『名寄岩《なよろいわ》』を新国劇で上演、このとき池波正太郎は初めて自分の作品の演出も担当する。

同年、戦国期の真田《さなだ》一族をテーマにした真田ものの嚆矢《こうし》となる『恩田木工《もく》』（のちに『真田騒動』と改題）を「大衆文藝」十一月号〜十二月号に発表する。この作品は直木賞（下期）の候補になる。真田家の執政・恩田木工の事跡を題材にした本作の資料を集めている際、師・長谷川伸から〈雀を害鳥だというが、ちょっと一言で片づけるのは間違いなんだね。数が多くなると害鳥になるのだよ。また少なすぎても害鳥になるのだ。世の中のことはなんでもそれだねえ（略）宝暦の真田騒動にも、それがあるねえ〉と、小説作法の根幹に触れる重要な示唆《しさ》を受けたという。

また翌昭和三十二年には『眼』『信濃大名記』を発表し、それぞれが直木賞候補になる。この頃から小説誌への執筆が増え始め、昭和三十三年には『応仁の乱』、三十四年には『秘図』と、四年連続で直木賞候補作を発表している。

『錯乱』で直木賞受賞、一躍人気作家に

昭和三十五年（一九六〇）、正太郎三十七歳のときに、真田信之と、真田家の支配を目論《もくろ》む幕府老中・酒井忠清の命を受けた隠密《おんみつ》との静かなる戦いを描いた『錯乱』でついに直木賞を受賞する。

作品を強く推したのは小説家・川口松太郎で、選評において〈……彼に直木賞をあたえれば作家的自信を生み、大成する機会をあたえ、傑作を作り出す機縁になると私は信ずる。作家を一人作るという意味で［錯乱］に反対の委員諸氏も池波君の今後を見守って頂きたく、池波君も奮起して我等の期待に応《こた》えてほしいと思う〉と正太郎の才能を高く評価して言葉を送っている。

当然、池波正太郎も、この川口松太郎の信頼に応えるため、懸命に小説の執筆に打ち込んだという。この頃には『竜尾の剣』、『応仁の乱』、『真田騒動　恩田木工』、『錯乱』など相次いで単行本を刊行し、作家として一層注目されるようになる。

翌昭和三十六年、『色』（「オール讀物」八月号）を発表。この作品は、新選組の土方《ひじかた》歳三《としぞう》の色女は、京都の経師屋《きょうじや》の未亡人だったという正太郎の母が父（正太郎の祖父にあたる人物）から聞いた話をもとにして創作されている。歴史上の人々を人間味豊かに描いて評判を呼び、師・長谷川伸にも褒められたという（『鬼平犯科帳の世界』文春文庫）。なお、『色』は十月に「維新の篝火《かがりび》」の題名で映画化もされる。

恩師・長谷川伸の死去

仕事が順調に進むなかに、悲報が訪れる。昭和三十八年（一九六三）六月十一日、恩師である長谷川伸が心臓衰弱のため死去する。

かつてその門を叩《たた》いたとき、長谷川伸は若き正太郎を力強くこう励ましたという。

　作家になるという、この仕事はねえ、苦労の激しさが肉体を損うし、おまけに精神がか細くなってしまうおそれが大きいけれども……男のやる仕事としては、かなりやり甲斐《がい》のある仕事だよ。

（『青春忘れもの』同）

また戦後に米ソの核戦争が懸念《けねん》され、池波正太郎が不安に陥っていたときには、〈核戦争が始まりそうだとおもうなら、それを防止する線を君の暮しの中で不自然ではなく強めて行けばいい。また、戦争がないとおもうなら、その考えを強調する暮しをすればいいのだ〉と文学者らしい言葉で不安を払拭《ふっしょく》し、かつ将来への指針をアドバイスしたという。

こうした様々な逸話に触れると、長谷川伸とは偉大な師であったのは勿論、池波正太郎にとって大いなる父性の象徴であったようにも思われる。

日本の戦後社会は、戦争の被害による大人の男性、いわゆる父親的存在の喪失が重大な課題であった。そんな時代にあって知性と教養に溢れた長谷川伸との邂逅《かいこう》は、池波正太郎にとって計り知れない幸運であり、その交流は貴重な財産となったに違いあるまい。

あくまでも想像ではあるが、〈剣客商売〉の秋山小兵衛、大治郎《だいじろう》親子など、池波作品で描かれる父と子の物語、いわば父性の追求のドラマには、こうした池波正太郎本人の恩師との追体験的な意味合いもあったのかもしれない。


〈鬼平〉〈剣客〉〈梅安〉三大シリーズ登場

四十代を迎えた池波正太郎は、その筆に円熟味を増し、傑作、名作を立て続けに世に送り出す。

昭和四十二年（一九六七）、〈鬼平犯科帳〉の事実上の第一作となる『浅草・御厩河岸《おうまやがし》』を「オール讀物」十二月号に発表する。翌、昭和四十三年には、〈鬼平犯科帳〉シリーズの連載が「オール讀物」で開始され、読者から圧倒的な支持を集める。犯罪者の更生施設ともいうべき「人足寄場」を石川島に設けたことで後世に名を残した長谷川平蔵。シリーズは彼の生き様を、配下の与力、同心、手下たちとのぬくもりのある人情物語に昇華している。また従来の捕物小説にない組織的、群像劇的な新しい捕物の世界を構築しているのも見どころといえるだろう。なお〈鬼平犯科帳〉というタイトルは、当時「オール讀物」の担当編集者だった花田紀凱《かずよし》が、長崎奉行所の裁判記録であった「犯科帳」を参考にして命名したという（『食べ物日記　鬼平誕生のころ』文春文庫）。このシリーズは実に二十二年間も書き継がれることになる。余談ではあるが、〈鬼平犯科帳〉執筆当時、先輩作家・子母沢《しもざわ》寛から江戸時代の司法関係の書物が自宅に送られてきたという。こうした子母沢寛からの厚意は、以前、新選組関連の小説を書いていたときにも資料の提供があった、と後に池波正太郎は記している。

同じころ、池波正太郎は「小説新潮」の編集者・川野黎子の依頼で、生い立ちを回顧した自伝的エッセイ『青春忘れもの』を連載する。昭和四十四年には、『鬼平犯科帳』のテレビドラマがNETテレビで放送。鬼平は松本幸四郎（後の初代松本白鸚《はくおう》）が演じた。

昭和四十七年は、まさに日本の時代小説界にとって衝撃の年であった。〈鬼平犯科帳〉と並ぶ連作〈剣客商売〉、〈仕掛人・藤枝梅安〉の両シリーズが、それぞれ「小説新潮」、「小説現代」で連載が開始されたのだ。

〈剣客商売〉は、隠棲《いんせい》した老剣客・秋山小兵衛と、一人息子の秋山大治郎、幕府老中・田沼意次《おきつぐ》の娘・三冬《みふゆ》たちが江戸市井《しせい》で遭遇する様々な事件や人々の悲喜こもごもと向き合う姿を情感豊かに綴っている。

本作は「最も池波正太郎らしい作品」といっても過言ではないだろう。発表した年、池波は数え年なら五十歳で、自分は老境に入った、という意識があった。そこで主人公を老剣客に設定し、年齢を重ねていく自らを投影して、リタイアした後の男の生き方、老いとの向き合い方など、池波流の理想的な生き方を、ライフワークとして等身大で描いていこうと試みた。四季の風情《ふぜい》、食べ物などを情緒たっぷりに取り入れ、生活を愛した作家のエッセンスが凝縮されている。

また、歴史的に評価の分かれる田沼意次を、妾腹《しょうふく》の娘・三冬を案じる一人の親として情味のある人間に描いている点もこのシリーズの特徴といえるだろう。ちなみに秋山小兵衛のモデルは二人いると著者本人が明かしている。一人は、池波正太郎が戦前、株式仲買店で働いていた頃、彼を大変かわいがってくれた、兜町の現物取引店の外交をしていた三井老人だ。老人は年の離れた若い細君と暮らしていた。もう一人は、歌舞伎役者・中村又五郎で、後に帝劇で〈剣客商売〉が上演されたときは、中村又五郎に小兵衛を演じてもらっている。なお中村又五郎に関しては、池波正太郎はエッセイ

『又五郎の春秋』（中公文庫）で、その芸と人生について大いに語っている。

もう一つの〈仕掛人・藤枝梅安〉の「仕掛人」という言葉は、池波正太郎の造語である。〈人間はよいことをしながら悪いことをし、悪いことをしながらよいことをしている〉（『剣客商売読本』新潮文庫）という人間の矛盾を、仕掛人の梅安と相棒の彦次《ひこじ》郎《ろう》の私生活の生態と絡《から》めて描いている。池波が好んでいたフランスの暗黒映画や、フィルムノワールの手法もモチーフに取り込まれている。

ちなみに、彦次郎という名は、掲載していた「小説現代」の編集長で、のちに文芸評論家となる大村彦次郎の名前を使っていると大村彦次郎本人が著書『文壇うたかた物語』（ちくま文庫）のなかで述べている。

仕掛人、現代でいう殺し屋をテーマにしたこのシリーズは、命を愛《いとお》しみ尊ぶ池波正太郎にとって、かなり苦労の多い仕事だったようだ。随筆「梅安こぼればなし」（『私の歳月』講談社文庫）では、その難しい作業をテレビドラマと比較して吐露している。

テレビのナントカ人シリーズは、あまりにも毎週毎週、殺し過ぎると思う。おれの場合、一年に一本とか二本しか書けない、「仕掛人・藤枝梅安」は。というのは、感覚的になかなか殺せない。金をもらって人を殺す小説だから。毎月、これを連載すれば、毎月、金をもらって殺すことになる。とても無理なんだ、作者の神経として。だから、この藤枝梅安のシリーズだけは、毎月というわけに行かない。

作者の苦心の作は、読者から圧倒的支持を集め、シリーズの第二作『殺しの四人』は小説現代読者賞を受賞する。この賞は、読者からの葉書による投票で選ばれるもので、池波正太郎は観客席からの拍手だ、と劇作家らしい言葉でその喜びを表現したという。

〈鬼平〉〈剣客〉〈梅安〉シリーズの誕生について、作家・司馬遼太郎は興味深い分析をしている。池波正太郎は、昭和の東京という街の急激な変貌《へんぼう》を目の当《ま》たりにし、その慨嘆から「変わらざる町としての江戸」を創造したというのだ。

　それはちょうど、ジョルジュ・シムノンが『メグレ警視』でパリを描きつづけたようにして、この人の江戸を書きはじめた。この展開がはじまるのは、昭和四十三年開始の『鬼平犯科帳』からである。

　メグレが吐息をつく街路や、佐伯祐三《さえきゆうぞう》が描きつづけたパリの壁のように、池波さんは江戸の街路や、裏通りや屋敷町、あるいは〝小体《こてい》な〟料理屋などをすこしずつ再建設しはじめただけでなく、小悪党やらはみだし者といった都市になくてはならない市民を精力的に創《つく》りはじめた。昭和四十七年からは、『剣客商売』『仕掛人・藤枝梅安』などがはじまる。
かれらは池波さんが創った不変の文明のなかの市民たちなのだが、たれよりもさきに住んだのは池波さん自身だった。

（「若いころの池波さん」『剣客商売読本』同）

司馬遼太郎は、その深い考察で、池波正太郎が描く江戸に池波特有の歴史観、庶民感覚が息づいていることを見抜いたのだった。この指摘は、作品世界に池波正太郎の理想の生活スタイルや生き方、さらに広げれば日本と日本人の様々な美質が描かれていることについても言及しているのである。
ちなみに、三つのシリーズはともに江戸時代の安永から文化にかけての三十年間（一七七七～一八〇六）を主な舞台にしている。そのため、〈鬼平犯科帳〉に登場した大坂の香具師《やし》の元締《もとじめ》・白子の菊右衛門が、〈仕掛人・藤枝梅安〉シリーズにも現れ、梅安と対決する、というクロスオーバー的な展開も描かれている。また、〈剣客商売〉の秋山小兵衛が、〈鬼平〉で剣術試合の審判を務めたりもしている。さらに付け加えると、料亭・不二楼《ふじろう》、軍鶏鍋《しゃもなべ》屋・五鉄など、主要人物たちが度々足を運ぶ馴染《なじ》みの店も、シリーズの枠を超えて登場する。

同四十七年、「週刊朝日」で食と生活のエッセイ『食卓の情景』の連載がはじまる。この連載を担当した編集者・重金敦之は、後に、池波正太郎に大作『真田太平記』の執筆のきっかけをもたらすことになる。

昭和四十八年、忙しい小説の執筆の合間に、正太郎は『雨の首ふり坂』を自らの演出で上演する。またシリーズ作品以外の小説やエッセイも多数刊行。さらに梅安シリーズ『春雪仕掛針』で、二度目の小説現代読者賞を受賞する。加えてメディア展開としてはフジテレビで『剣客商売』の連続放映がはじまる。秋山小兵衛を山形勲《いさお》、息子の大治郎を加藤剛が演じた。また『必殺仕掛人　梅安蟻地獄《ありじごく》』が松竹で映画化。池波正太郎の作品は、日本の映画界、芸能界とより親密さを増していく。

『真田太平記』現る

昭和四十九年（一九七四）、五十一歳の池波正太郎は、真田ものの集大成となる大河小説『真田太平記』の連載を「週刊朝日」で開始する。

連載前の打ち合わせで、正太郎の「江戸の市井ものなら一年の連載。真田一族の興亡をテーマにするなら完成までに三年ぐらいかかるかな」との言葉に、担当編集者の重金敦之は、迷わず真田でと即答したという（『真田太平記読本』新潮文庫）。

戦国時代の甲斐・武田一族の滅亡から、真田信之の松代《まつしろ》移封までの四十年間を描く本作は、織田信長、豊臣秀吉、徳川家康など戦国武将の熾烈《しれつ》な合戦模様を捉《とら》えつつ、忍びや雑兵《ぞうひょう》といった歴史のなかに埋もれていった無名の人々の生態を活写した。なお、第一巻『真田太平記一　天魔の夏』はこの年、朝日新聞社から刊行。

昭和五十年頃から、小説に加えて『江戸古地図散歩　回想の下町』、『続・江戸古地図散歩　山手懐旧』（平凡社）など、歴史、食、映画等の様々なエッセイの刊行が増えはじめる。一方で、『梅安最合傘《もやいがさ》』（「小説現代」六月号）で三たび小説現代読者賞を受賞する。四月には、『鬼平犯科帳』をNETテレビで放送。鬼平は丹波哲郎が演じた。

小説と随筆　豊かな人生観

昭和五十二年（一九七七）四月、〈鬼平犯科帳〉〈剣客商売〉〈仕掛人・藤枝梅安〉を中心とした作家活動にたいして、第十一回吉川英治文学賞を受賞する。

初夏にはヨーロッパを旅行し、この時の取材をもとに、十一月に『回想のジャン・ギャバン　フランス映画の旅』（平凡社）を刊行。この著作が、池波正太郎の映画、紀行エッセイの先駆けであると捉えられる。

同月、江戸を舞台に、呉服屋の娘ながらも剣術に熱中する女剣士と、市松小僧と異名をとるスリの男との恋模様を描いた戯曲『市松小僧の女』が、第六回大谷竹次郎賞を受賞する。

昭和五十三年には、『雲霧仁左衛門』を映画化。雲霧仁左衛門を仲代達矢が、安部《あべ》式部を六代目・市川染五郎が演じた。翌年には『闇《やみ》の狩人《かりうど》』を映画化。

同年に池波正太郎は二度目のヨーロッパ旅行に出かける。好天に恵まれ、異国情緒を満喫した正太郎は、その感動を長編エッセイ『旅は青空』で絵と写真を交えながら綴っている。

池波正太郎は五十代後半頃からそれまで以上にエッセイに力を入れ、その対象も広がっていく。そしてその絶妙な語り口で伝えられる深い人生観に、小説のファンだけではなく、多くの人々が酔いしれた。

たとえば、映画への愛情を妙文で綴った数々の映画エッセイは、ただ消費されるだけの娯楽映画を、文化的意義のあるものとして一般読者に分かりやすく解説している。昭和五十五年二月に、ごま書房から刊行された『映画を見ると得をする』のなかでは、実にさりげない言葉で映画の核心を述べている。〈映画を観るということは「いくつものの人生を見る」ということだ〉、〈例えば「忠臣蔵」を一本観ただけで、その人の世界がグーンと広くなっちゃう〉、〈映画・芝居を長いこと観ていると、だんだん人間が「灰汁《あく》ぬけてくる」ものだ……〉等々。映画の魅力と素晴らしさを、楽しく簡明に私たちに教えてくれている。

またこの年に刊行された『日曜日の万年筆』のなかの「食について」という項には、次のような深い言葉がある。


人間は、生まれ出た瞬間から、死へ向って歩みはじめる。

死ぬために、生きはじめる。

そして、生きるために食べなくてはならない。

何という矛盾だろう。

これほどの矛盾は、他にあるまい。

つまり、人間という生きものは、矛盾の象徴といってよい。（略）

生死の矛盾を意識すると共に、生き甲斐をも意識する……というよりも、これは本能的に躰《からだ》で感じることができるようにつくられている。

たとえ、一椀《わん》の熱い味噌汁《みそしる》を口にしたとき、

（うまい！）

と、感じるだけで、生き甲斐をおぼえることもある。

愛する人を得ることもそうだし、わが子を育てることもそうだろう。

だから生き甲斐が絶えぬ人ほど、死を忘れることにもなる。

しかし、その生き甲斐も、死にむすびついているのだ。

このように矛盾だらけの人間の世界は、理屈ではまかないきれぬ。むかしの人びとは、そのことをよくわきまえていたらしいが、近代の人間たちの不幸は、何事も理屈で解決する姿勢が硬直しすぎてしまったところにある。

と人間が食べることの意味と、それにまつわる死生観について説いている。

池波正太郎にとって「食」は、生と同義であったのだ。それを率直に伝えたエッセイに「復員後の焼けあとで」と題した一編がある。終戦後の焼け野原の東京に、ある日、氷屋が店を開き、「掻《か》き氷」を売っていた。池波正太郎は勇んでそれを購入する。

その氷苺《こおりいちご》を口へ入れたとたんに、私も弟も、涙が出そうになった。苺のシロップはヤミで仕入れたものだろうが、たとえようもなく甘かった。この世のものとはお

もわれぬ、その甘さは、四十二年前の日本を知らぬ人には到底わかるまい。（略）
（もしかすると、東京は復興するかも知れない）
ふと、私はそう感じた。
（『池波正太郎の春夏秋冬』文春文庫）

戦争で焼け野原と化した東京で出会った一杯の「掻き氷」。その美味《おい》しさに日本再生の兆《きざ》しを感じ取る。池波正太郎の紡《つむ》ぐ小説、そして随筆に私たちが度々心を奪われるのは、彼の描く一口の味わいに、人間にとって食べることが必要不可欠なものであるという真実が溶けこんでいるからなのだ。

食べるということは、人間の存在と密接な関係にあることを、池波正太郎は自身の体験をもとに解き明かしている。だからこそ、正太郎は執拗《しつよう》なまでに「食」を作品世界において描き続けたのだろう。

そうした観点で、昭和五十八年から書かれた文学、映画、食、池波正太郎のエッセンスがすべて込められたエッセイ『池波正太郎の銀座日記』（新潮文庫）を読むと、私たちは複雑な思いに囚われてしまう。なぜならば本文中に、池波正太郎が自らの食欲の衰えを述べている箇所があり、その部分に、老いの現実化した人生観と作家的覚悟が見え隠れしているからである。

「食」について一つ忘れてはならないのは、池波正太郎のエッセイが、現実の料理店や食通の人々に多大な影響を与えたことである。銀座の洋食屋・煉瓦亭《れんがてい》、神田の蕎麦《そば》屋・神田まつや、同じく神田の甘味処《どころ》・竹むら等々。池波正太郎が紹介した全国各地のお店は、今も様々なメディアで取り上げられ、多くの人々の舌を満足させている。

多彩な才能

昭和六十年（一九八五）三月、六十二歳の池波正太郎は気管支炎のため喀血《かっけつ》し、生まれてはじめての入院生活を体験する。健康には自信があったものの、還暦を過ぎたあたりから、老いを語ることもしばしばであった。

そんな池波正太郎だが、〈五十を過ぎてから研究しはじめた〔気学〕と、絵を描くことのたのしみ、よろこびは、老年に達した私に、おもいもかけぬ事態をもたらしてくれた〉（『池波正太郎の春夏秋冬』同）と人生の新たな楽しみを見つけたこともエッセイに綴っている。この気学については、池波正太郎は占いではなく、法則の学問として興味を持っていたようである。

エッセイ「気学」（『ル・パスタン』文春文庫）には、

私が書いている小説にしても、はじめの伏線が、後にさまざまな形となって一篇の物語をつくり、主題を奏《かな》でるわけだが、人生もまた、大小の、目には見えぬ伏線が、後に形となってあらわれる。気学は、そのことを教えてくれるが、自分のことになると、わかってはいても、つい無謀のふるまいを起すことになりかねない。私は気学を研究しはじめてから、あまり無謀なことをしなくなったようにおもう。

と、論理的にその分野への関心を述べている。

これに加え絵筆を持つことで、池波正太郎は新しい生き甲斐を見出《みいだ》したのだった。国内は無論、ときには海外でも描かれた絵は、今日、画集や作者自身の本の装釘《そうてい》、挿絵などで鑑賞することができる。

この年、新大型時代劇『真田太平記（全四十五回）』がＮＨＫ総合で放送される。昭和六十一年五月、母鈴死去。同月、紫綬褒章《しじゅほうしょう》を受章する。翌昭和六十二年二月に、池袋西武百貨店で「池波正太郎展」が開催。

同年、現代小説『原っぱ』を「波」に連載する。この作品は、かつて戯曲を書いていた高齢の映画評論家を主人公に、時間の流れのなかで、社会や流行、庶民の生活など移り変わってゆくものと、人の心の不変のものとを見事に描き出している。晩年の池波正太郎の文学的境地を示したものと受け止められよう。

昭和六十三年の五月と九月に、ヨーロッパを旅行する。これが最後の旅行であった。十二月、大衆文学の真髄である新しいヒーローを創出し、現代の男の生き方を時代小説の中に活写、読者の圧倒的支持を得たとして第三十六回菊池寛賞を受賞。平成元年（一九八九）五月、銀座和光で初の絵の個展となる「池波正太郎絵筆の楽しみ展」を開催。この年、フジテレビで『鬼平犯科帳』を放送。池波正太郎の希望により、長谷川平蔵は中村吉右衛門が演じた。

職人、池波正太郎の思い

平成二年（一九九〇）三月、池波正太郎は、急性白血病で三井記念病院に入院する。そして五月三日午前三時、同病院にて永眠した。享年《きょうねん》六十七歳。

同六日、東京・千日谷会堂にて葬儀、告別式が行われた。戒名は「華文院釈正業」。その後、西浅草・西光寺に葬《ほうむ》られた。同月、勲三等瑞宝章《ずいほうしょう》受章。

池波正太郎の細君、豊子夫人はのちにこう話している。〈主人の仕事のことは、あまりよくわからないのですが、いつも言われてきたことがあります。それは、「職人のおかみさんだということを、いつも念頭において行動するように」ということです。

つまり池波は、期限を守ってモノを作る職人で、私はその職人のおかみさんとしての立場を忘れてはいけない、ということでしょうか。とにかく庶民としての生活を心から愛し、大切にする。池波は、そんな人でした〉と（『池波正太郎の春夏秋冬』同）。

一貫して庶民の力を信じ、ものを破壊するのではなく、生み出す職人であることを心掛け、研鑽《けんさん》を積むことを怠らなかった努力の人、池波正太郎。

彼は人間の正常な精神をも壊す戦争の恐怖を知る者だからこそ、機械作業や創作に生き甲斐を見出し、苦難の時代を乗り越えてきた。そして戦後の焼け野原で工夫を凝らして作られたささやかな料理や甘味に、生きる力を与えられた。先達の情愛に見守られながら作家となり、庶民とともにある文学の追求に専心した。父祖からのもの作りの血を信じ、職人の作家として、ときには料理人たちの成果に励まされ、ときに映画に心を癒《いや》され、己の道を突き進んできた。

終戦の年、池波正太郎は母の手紙から、焦土と化した東京の浅草で例年のごとく草市が立ち、四万六千日の行事が行われたことを知る。その庶民の強靭《きょうじん》な精神に、戦争で心身ともに傷ついた若者は強く勇気づけられたという。大衆が持つ無限の可能性を信じて、その本質と素晴らしさを言葉に紡ぎ続けたからこそ、池波正太郎は大衆文学の匠《たくみ》となり得たのだ。

そして彼が作品世界で語り続けた人の情けや、心意気、食べることの大切さ、創造する事へのこだわりは今も多くの人々の胸に生きる希望をもたらしているのである。

足跡を追って

池波正太郎作品の人気は、彼の死後も一向に衰えない。平成四年（一九九二）には、『剣客商売全集（全八巻・別巻）』が新潮社から刊行され、平成十年には講談社から『完本池波正太郎大成（全三十巻・別巻）』の刊行が開始された。同年十月には、フジテレビで連続ドラマ『剣客商売』が放送。秋山小兵衛を藤田まことが演じた。十一月には、長野県上田市に「池波正太郎真田太平記館」が開館され、平成十三年九月には、東京・台東区立中央図書館内に「池波正太郎記念文庫」が開設された。ここには復元された池波正太郎の書斎や、自筆原稿・絵画等の一部が常時展示されており、いまも多くの読者を温かく迎えてくれる。

また平成十八年六月、富山県南砺《なんと》市に「池波正太郎ふれあい館」を併設した観光拠点施設「よいとこ井波」が開設。翌十九年十一月に、東京・台東区立待乳山《まつちやま》聖天公園入口に「池波正太郎生誕の地碑」が建立《こんりゅう》された。どこも名所として、たくさんの人に親しまれている。

さらに、令和元年（二〇一九）十一月には、四十二年ぶりに「市松小僧の女」が歌舞伎座で公演された。このことは、池波正太郎が物語に刻んだ日本の情と美や、登場人物一人ひとりの命の輝きが、この国の文化・芸能とともに、大衆に求められ続けている何よりの証《あかし》といえるだろう。

コラム

池波正太郎と「映画」

縄田一男

池波正太郎はあるエッセイの中で、嵐寛寿郎《あらしかんじゅうろう》と片岡千恵蔵は間に合ったが、大河内《おおこうち》伝次郎は間に合わなかった、と記している。

これはどういうことかといえば、嵐寛《アラカン》と千恵蔵は、自分の書いたものに出演してくれたが、大河内は出演してもらう前に逝《い》ってしまったということである。

嵐寛寿郎が出演したのは、昭和三十五年の松竹映画「敵は本能寺にあり」（監督大《おお》曽《そ》根《ね》辰保《たつお》）で、明智光秀に松本幸四郎（後の初代白鸚《はくおう》）、織田信長に田村高廣《たかひろ》、そして嵐寛寿郎は徳川家康という配役だった。池波正太郎は、脚本で参加しており、これが唯一《ゆいいつ》のオリジナルの映画脚本である。

続く片岡千恵蔵出演の作品は、池波の短編「色」を映画化した「維新の篝火《かがりび》」であり、こちらは、昭和三十六年の東映映画で、松田定次監督、結束信二の脚本である。

池波ファンにはいわずもがなのことながら、恩師長谷川伸から「君は『色』を書いてから少し変わったね」といわれた、池波にとっては、新境地を拓《ひら》いた作品。これまで新選組の鬼の副長といわれてきた土方歳三《ひじかたとしぞう》の人間的側面を描いた秀作だった。その土方を演じたのが片岡千恵蔵であり、歳三の恋人である装束商の後家お房に淡島千景《あわしまちかげ》という配役である。

この年の芸術祭参加作品だけあって、いつもの勧善懲悪の東映作品とは違って、文芸味豊かなものだったが、新選組が京から撤退する際、歳三がお房の前で、弱みをさらけ出すという原作のシーンを千恵蔵が演じるのはどうしてもイメージできなかったらしく、映画では、お房が歳三にすがりつき、別れを嘆くというように変えられている。

そして大河内伝次郎だが、彼は、「維新の篝火」が封切られた翌昭和三十七年に没しており、池波正太郎はさぞや残念だったたであろうと思われる。

実際、池波正太郎が昭和初期から活躍した時代劇スターを語る際、千恵蔵、嵐寛、大河内をセットにしている場合が多く、特に大河内への思い入れは強いことが分かる。

そのことは文章だけではなく、自ら装幀《そうてい》した新潮文庫『味と映画の歳時記』のカバーに描いたコックの絵の顔に、大河内の丹下左膳《たんげさぜん》の写真が使われていることからも了解されよう。

それにしても、株屋の小僧をやっていた頃からの憧《あこが》れのスターが、自分の作品に出演してくれた時の高揚感を考えると——甚だ無責任ないい方をさせてもらえば——作家とはうらやましい稼業だといわざるを得ない。

さらに、映画に関していえば池波正太郎の何という心の若さか。『池波正太郎の銀座日記』『池波正太郎の映画日記』等を読むと、どんな映画に対しても、一切偏見を持たず、虚心坦懐《たんかい》になって観《み》ていることがわかる。

「エイリアン」「エイリアン2」のシガニー・ウィーバーを絶賛し、「2」の試写に行った夜に悪夢を見て目ざめる感性の若さはどうだ。洒落《しゃれ》たサスペンス映画「夜霧のマンハッタン」のロバート・レッドフォードとデブラ・ウィンガーを楽し気だと記し、監督のアイバン・ライトマンを見ちがえるようだとほめる。恐らく、この邦題と配役では、もっともらしい顔をした、えせシネマディクトは、はじめから相手にしないだろう。

そして、ビデオデッキという禁断の代物《しろもの》を手に入れてしまった興奮や、アテネ・フランセ文化センターに足を運んで初見の作品を観たときの歓喜は——さすがに冷静を装《よそお》って書いているが、フレッド・アステアとジンジャー・ロジャースの最後の作品で日本未公開だった〔バークレイ・オブ・ブロードウエイ〕（「ブロードウェイのバークレー夫妻」）を観たときのよろこびは隠しようもなく、「二人の映画でジンジャー・ロジャースがこれほどすばらしかったのは、はじめてといってよい。十年間の、彼女の演技の蓄積がダンスに出て、あらためてダンスは踊るだけのものではないことを知らされた」などと書かれると、これは、当方も見直さねばと思うことしきりである。

また、自身の原作の映画化である「雲霧仁左衛門」「闇《やみ》の狩人《かりうど》」に否定的だった著者が池広一夫監督のＴＶ版「雲霧」を「なかなかよかった」と書いているところを読むと、池広監督の映画「ひとり狼《おおかみ》」の大好きな私としては、そうでしょうとうれしくてたまらなくなる。池波正太郎の映画エッセイの特色は、このように読者が知らず知らずのうちに著者と会話をしてしまう点にある。

そして著者の試写会仲間は、淀川長治《よどがわながはる》、双葉十三郎、深沢哲也といった面々——この人たちに共通しているのは、決して観念的な批評はせず、具体的に作品を論じたこと、娯楽映画を馬鹿《ばか》にしなかったこと、権威主義を嫌ったこと等々が挙げられる。

私が最も共感するのは、池波正太郎が、ロジャー・ムーア主演、アンドリュー・Ｖ・マクラグレン監督の怒濤《どとう》のＢ級アクション映画「北海ハイジャック」を観て、いい気分になっている点である。「むろん大傑作ではなく、芸術映画でもなく、大スペクタクルでもなく、いわば中級の娯楽サスペンス」であると記しながら、「『女ぎらいの、大酒のみの、あの隊長はよかったわね』とか『女はきらいだが猫は好きだっていうのがいい。ラストの猫を使ったユーモアも感じがいいよ』／などと語り合いながら、どこかで夕飯でも食べて帰るのが、ほんとうの映画ファンだと思う」（傍点引用者）と記しているのを見ると本当に涙が出そうだ。

池波正太郎の主張は、多分、こうだ――「北海ハイジャック」を面白いと思うように「ルートヴィヒ」を面白がるのが本当だろう。そして池波正太郎の映画エッセイを貫くものは、どこまでも客観化された、実は、燃え立つような映画への愛。著者のエッセイを読んでいちばんに思うのは、既にフィルムが焼失してしまった映画の記憶も奪い取ってしまいたいという一事。どうやら池波正太郎の情熱は飛び火するようだ。

なわた・かずお
一九五八年東京生まれ。文芸評論家。歴史・時代小説を中心に文芸評論を執筆。著書に『時代小説の読みどころ』『捕物帳の系譜』など。『親不孝長屋』『七つの忠臣蔵』ほか編者を務めたアンソロジーも多数。

年譜

大正十二年（一九二三） 一月二十五日、東京市浅草区聖天町に父富治郎、母鈴の長男として生まれる。

昭和四年（一九二九）六歳 下谷・根岸小学校に入学。両親が離婚、浅草永住町の母の実家に住む。

昭和十年（一九三五）十二歳 西町小学校を卒業。現物取引所田崎商店に勤務。その後兜町の株式仲買店松島商店に入店。

昭和十七年（一九四二）十九歳 国民勤労訓練所に入る。次いで芝浦の萱場製作所で旋盤機械工となる。

昭和十八年（一九四三）二十歳 「婦人画報」の〈朗読文学〉欄に作品を投稿。

昭和十九年（一九四四）二十一歳 横須賀海兵団に入団。そのあと武山海兵団の自動車講習所に入り、さらに横浜・磯子の八〇一空に転属。

昭和二十年（一九四五）二十二歳 五月に鳥取県米子の美保航空基地に転出。同基地で敗戦を迎える。

昭和二十一年（一九四六）二十三歳 下谷区役所に勤務。

昭和二十三年（一九四八）二十五歳 創作の指導を受けたいと決意し、長谷川伸を訪ねる。

昭和二十五年（一九五〇）二十七歳 八月、片岡豊子と結婚。戯曲『冬の旅』を発表。

昭和二十六年（一九五一）二十八歳 七月、戯曲『鈍牛』が新国劇により、新橋演舞場で上演される。

昭和二十七年（一九五二）二十九歳 目黒税務事務所に転勤。東京・荏原に新居をかまえる。十月、『檻の中』を新国劇で上演。

昭和二十九年（一九五四）三十一歳 短編小説『厨房（キッチン）にて』を発表。

昭和三十年（一九五五）三十二歳 七月、目黒税務事務所を退職し、執筆活動に専念。

昭和三十一年（一九五六）三十三歳 『恩田木工』（のちに『真田騒動』と改題）を発表。直木賞の候補となる。

昭和三十二年（一九五七）三十四歳 『眼』『信濃大名記』を発表、それぞれ直木賞候補となる。

昭和三十三年（一九五八）三十五歳 『応仁の乱』を発表。直木賞の候補となる。

昭和三十四年（一九五九）三十六歳 『秘図』を発

表。直木賞の候補となる。七月、父富治郎、死去。『信濃大名記』を刊行。

昭和三十五年（一九六〇）三十七歳　『錯乱』で第四十三回直木賞を受賞。

昭和三十八年（一九六三）四十歳　『夜の戦士』『人斬り半次郎』を刊行。六月、師、長谷川伸が死去。

昭和三十九年（一九六四）四十一歳　はじめて長谷川平蔵を作中に登場させた『江戸怪盗記』を発表。

昭和四十二年（一九六七）四十四歳　『幕末新選組』『賊将』『幕末遊撃隊』を刊行。

昭和四十三年（一九六八）四十五歳　〈鬼平犯科帳〉シリーズの事実上の第一作となる『浅草・御厩河岸』を発表。

昭和四十五年（一九七〇）四十七歳　〈鬼平犯科帳〉シリーズが「オール讀物」で連載開始。

昭和四十七年（一九七二）四十九歳　〈仕掛人・藤枝梅安〉シリーズの先駆ともいうべき江戸版暗黒小説の執筆が増える。

昭和四十九年（一九七四）五十一歳　この年、〈鬼平犯科帳〉と並ぶ連作〈剣客商売〉、〈仕掛人・藤枝梅安〉の両シリーズが、それぞれ「小説新潮」、「小説現代」に連載開始。

昭和五十二年（一九七七）五十四歳　『真田太平記』の連載がはじまる。『闇の狩人』『雲霧仁左衛門（前・後）』等を刊行。

昭和五十三年（一九七八）五十五歳　四月、第十一回吉川英治文学賞を受賞。

昭和五十六年（一九八一）五十八歳　『闇は知っている』『フランス映画旅行』等を刊行。

昭和五十九年（一九八四）六十一歳　『男の作法』『旅は青空』『田園の微風』等を刊行。

昭和六十年（一九八五）六十二歳　『むかしの味』『乳房』『食卓のつぶやき』等を刊行。

昭和六十一年（一九八六）六十三歳　三月、気管支炎のため喀血、入院。『東京の情景』『池波正太郎の銀座日記』等を刊行。

昭和六十三年（一九八八）六十五歳　五月、母鈴死去。同月、紫綬褒章受章。

平成二年（一九九〇）六十七歳　十二月、第三十六回菊池寛賞を受賞。『原っぱ』等を刊行。

三月、急性白血病で三井記念病院に入院。五月三日午前三時、同病院にて死去。


（構成・木村行伸）

池波正太郎作品ナビ　執筆：木村行伸

池波正太郎の名言　執筆：青木逸美

池波作品の舞台は今！　協力：池波正太郎記念文庫

評伝　池波正太郎　執筆：木村行伸　監修：鶴松房治

執筆者プロフィール

木村行伸　きむら・ゆきのぶ

一九七一年東京生まれ。文芸評論家。歴史・時代小説、推理小説、現代小説、ノンフィクションの書評を新聞、雑誌に執筆。時代小説の関連書籍、文学事典などの企画にも携わる。

青木逸美　あおき・いづみ

ライター・書評家。時代小説を中心に解説や書評を執筆。執筆を担当した作品に『鬼平の言葉　現代（いま）を生き抜くための100名言』など。

本書は文庫オリジナル作品です。

池波正太郎記念文庫のご案内

上野・浅草を故郷とし、江戸の下町を舞台にした多くの作品を執筆した池波正太郎。その世界を広く紹介するため、池波正太郎記念文庫は、東京都台東区の下町にある区立中央図書館に併設した文学館として2001年9月に開館しました。池波家から寄贈された全著作、蔵書、原稿、絵画、資料などおよそ25000点を所蔵。その一部を常時展示し、書斎を復元したコーナーもあります。また、池波作品以外の時代・歴史小説、歴代の名作10000冊を収集した時代小説コーナーも設け、閲覧も可能です。原稿展、絵画展などの企画展、講演・講座なども定期的に開催され、池波正太郎のエッセンスが詰まったスペースです。

https://www.taitocity.net/tai-lib/ikenami/

池波正太郎記念文庫〒111-8621 東京都台東区西浅草 3-25-16
台東区生涯学習センター・台東区立中央図書館内 TEL03-5246-5915

開館時間＝月曜～土曜（午前9時～午後8時）、日曜・祝日（午前9時～午後5時）**休館日**＝毎月第3木曜日（館内整理日・祝日に当たる場合は翌日）、年末年始、特別整理期間

●入館無料

交通＝つくばエクスプレス〔浅草駅〕A2番出口から徒歩8分、東京メトロ日比谷線〔入谷駅〕から徒歩8分、銀座線〔田原町駅〕から徒歩12分、都バス・足立梅田町－浅草寿町 亀戸駅前－上野公園2ルートの〔入谷2丁目〕下車徒歩3分、台東区循環バス南・北めぐりん〔生涯学習センター北〕下車徒歩3分

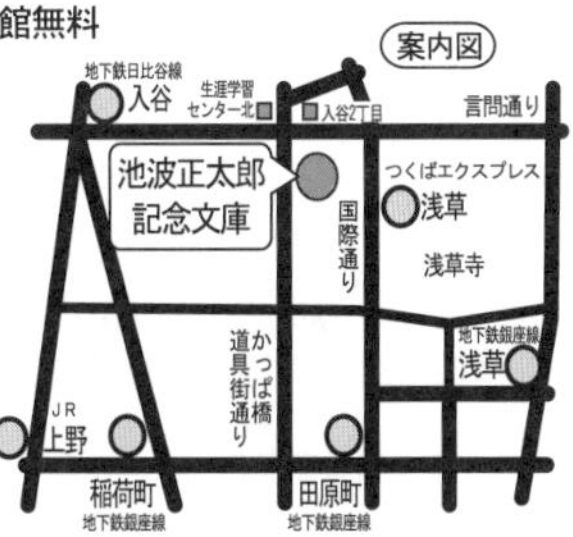

文豪《ぶんごう》ナビ　池《いけ》波《なみ》正《しょう》太《た》郎《ろう》

新潮文庫　い－16－0

令和二年五月一日発行

編者　新《しん》潮《ちょう》文《ぶん》庫《こ》

発行者　佐藤隆信

発行所　株式会社　新潮社

郵便番号　一六二―八七一一

東京都新宿区矢来町七一

電話　編集部(〇三)三二六六―五四四〇

読者係(〇三)三二六六―五一一一

https://www.shinchosha.co.jp

価格はカバーに表示してあります。

乱丁・落丁本は、ご面倒ですが小社読者係宛ご送付ください。送料小社負担にてお取替えいたします。

印刷・錦明印刷株式会社　製本・錦明印刷株式会社

ISBN978-4-10-115600-2 C0195